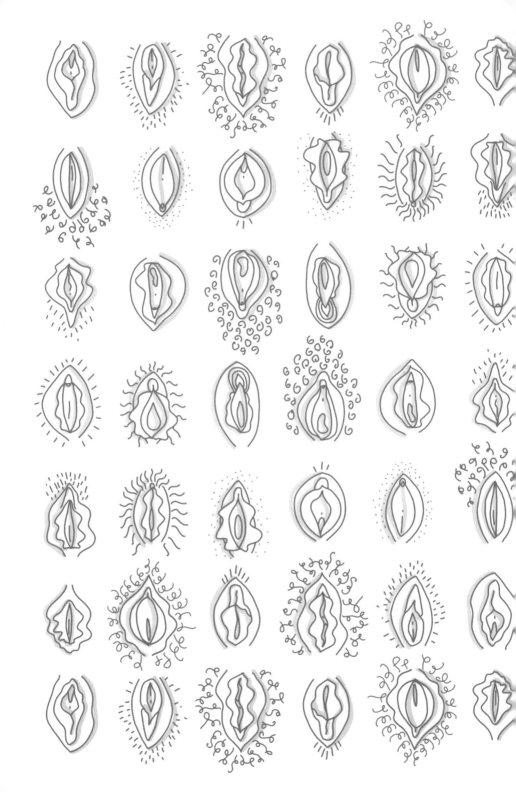

너의 아랫도리에 관한 시원 상큼한 안내서

유쾌한
질문

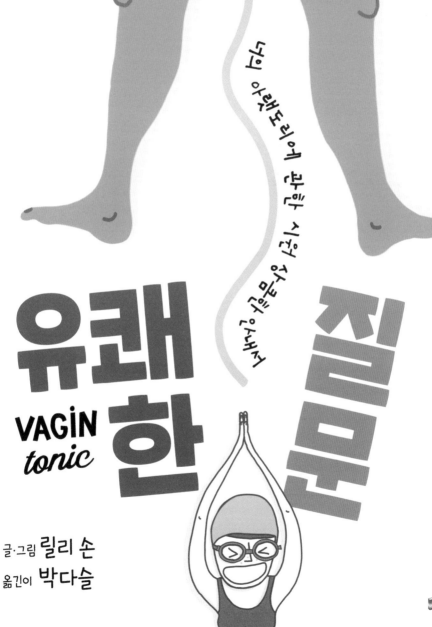

너의 아랫도리에 관한 시시콜콜한 모든 것을 한데 모아서

유쾌한 질문

VAGIN
tonic

글·그림 **릴리 손**
옮긴이 **박다슬**

북큰
BOOK & CONTENTS

내 사연을 소개할게. 내 이름은 릴리.
난 스물아홉 살에 유방암에 걸렸어.
양쪽 유방을 절제했고, 재건 수술을 받았지.
지금은 정기적으로 난소와 자궁 검진을 받아.
항암 치료 전에는 난자도 얼렸어.
응. 치료 뒤에는 임신이 어려울 수도 있거든.

7

질 안에 음경이 들어간다는 생각은 꿈에도 못 했어.
남자랑 여자가 부비부비하면 아기가 생긴다고
아주 오래 믿었지.

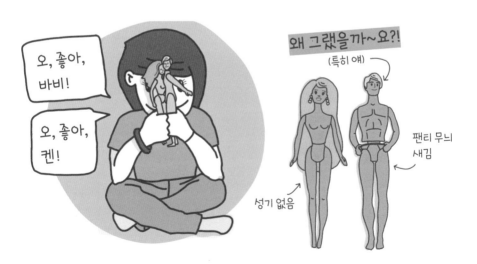

교리 시간 뒤, 친구들이랑 몰래 본 포르노 영화에
삽입하는 장면이 나오기 전까지는.
그것도… 미노타우로스가!!!

나도 알아,
이상한 거!

음경이 머리 뿔보다
훨씬 굵고 컸어!

진짜 음경을 본 날에는
안도의 한숨을
내쉬었지!

나나 내 친구들만이 아니라
모두 비슷한 경험이 있을 거야. 그렇지?

지금부터 등장하는 모든 일화는
어딘가에서 읽거나 듣고 겪은 것임.
+약간의 도시 전설도 가미함.
(이것도 중요한 정보원이니까.)

* 『프랑스인들의 성생활La vie sexuelle en France』(Janine Mossuz-Lavau, 2002)에 등장하는 일화.

여성이라는 존재를 가슴 둘+질 하나
+난소 둘+자궁 하나로 요약할 수 없다는 건
나도 잘 알아(나도 잠깐은 이 중 일부가 없었으니까).
그럼에도 이 모든 것이 어떻게 돌아가는지는
알아야 한다고 생각해. 반드시 말이야!!!

이제 우리 몸으로의 여행을 시작해요!

그런데 대체
여성이
뭐지?

21

엘리즈, 31세

OMG!
쉽지 않네!

나는 여성이야.
나를 여성으로 생각하고,
사회도 나를
여성으로 인정하지.

몸도 여성스러워.
아랫도리도
여자고
가슴도 크거든!

물론 고추가 있어도
여자라고 느낄 수
있지만!!!

나는 수염도 없어.
하지만 어떤
시크교도 여성이
수염 기른 걸
봤는데,
정말 끝내주더군!

내겐 원피스를 입을 권리가
있지. 반짝반짝 치장하고
화장해도 비난받지 않아.

즉 날 여성으로 규정
하는 건, 일부는 나이지만
일부는 사회이기도 해.

어떤 기준이 있다고나 할까.
매우 빡빡하긴 하지만…

키가 크고 머리가 짧다 보니
종종 '아저씨'라는
소리를 듣거든!

여성으로 존재하려면
무엇보다 자신이 여성임을
선언해야 한다고 생각해!

25

클로에, 33세

남성과 여성은
신체 구조만 다를 뿐이야…

한 성별에 대한 사회적
정의는 다른 성별에도
똑같이 적용할 수 있다고
나는 생각해!

사회에서 남녀는 너무
이분법적으로 구분돼.

악당 대 영웅,
카우보이 대
인디언처럼 말이야!

여성은 남성과
정반대로 길러지곤 하지.

하지만 난 오빠들과
똑같이 자랐어.
내 장난감은 집에 있는
자동차 모형이었지.

한번은 이모가
인형을 사주셨어.
오빠들이 볼까봐
조마조마하고 창피했지!

사회가 원하는 여성상이
뭔지 알았던 것 같아.
난 그게 싫었고!

하! 영화 속에서는
또 어떠니?
여자 주인공이 너무 적어!
역할도 그게 그거고!

여성에게는 사회가 미리
정해놓은 역할과 모습이
강요되는 것 같아.

잠깐만!
다양한 의견이 필요해 보이네!

우리 애들한테 물어보자!

안 소피, 45세

얘들아, 여성이란 뭘까?

집안일 하는 사람이요!

아니. 여성은 잠지랑 젖가슴이 있는 사람이죠!

몸이 여성의 전부일까?

농담!

여성이란 생명의 힘 자체야!

걸 파워!

니콜라, 13세

하지만 샤를로트,

마고, 16세

엄마도 암 때문에 가슴이 잠시 한쪽뿐이었지만, 그때도 여자였는걸!

우와, 어렵네요!

샤를로트, 11세

그럼 남성은 또 뭐지?

27

- 음…
- 머리가 길거나 짧아요.
- 장수거북이랑 닮았어요. 히히.
- 여자애들은 고추가 없어요.
  귀걸이는 있는데요.
  없는 애도 있대요!

뤼시앵, 5세

- 곰곰이 생각해봤는데,
  너무 복잡한 문제라
  내 대답이 맞을지 모르겠어.
- 하지만 여성으로 산다는 건,
  끝내주는 클럽에 소속돼 있는
  거랑 비슷한 거 같아!
- 난 그 클럽을 절대 나가지
  않을 거야!

발랑틴, 33세

- 난 여성이라기보다 소녀에 가까워.
- 신체적인 걸 떠나 정신적으로 성숙해야
  여성이라 할 수 있지. 남성도 마찬가지고.
- 독립심, 자유로움, 스스로에 대한
  확신이 있어야 한다는 뜻이야.
  화장, 원피스, 하이힐…
  이런 건 모두 부차적이야.
  사회적 코드일 뿐이지.

레티시아, 29세

- 사회가 제시하는 여성상과
  여성으로서 내가 느끼는 나,
  나에 대해 내리는 정의 사이에는
  차이가 있어.
- 나는 남자와 여자가
  거의 반대라고 할 만큼
  완전히 다르다고 배웠거든.

엘로디, 33세

신체 조건을 떠나,
자신을 어떻게 느끼느냐도
중요해.

난 여성이에요!

② 정신

마지막으로, 사회가 나를 어떻게 보는지도.

③ 사회적 코드

젠더(사회적 성)는 흔히 둘로 나뉘는데,
여기서는 특징을 더 과장했어!

여성

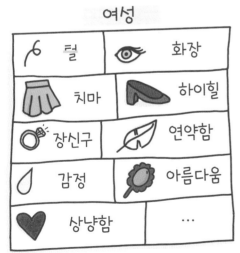

	털		화장
	치마		하이힐
	장신구		연약함
	감정		아름다움
	상냥함		...

남성

	털		화장
	치마		하이힐
	장신구		힘
	감정		기지
	지성		...

찰리
(생물학적
여성이지만
자신의 성은
중립적이라 여김)

케이틀린
제너
(트랜스젠더
여성)

라번
콕스
(트랜스젠더
여성)

하르남
카우르
(수염 난
시스젠더● 여성)

이 책에서는 **몸**, (시스젠더) 여성의 신체적 측면에 집중하려 해.
누가 알아? 마지막 페이지를 넘길 때쯤에는 여성이 뭔지
어설프게나마 정의할 수 있을지?!

● Cisgender. 자신의 생물학적 성별(sex)과 성 정체성(gender identity)이 일치하는 사람을 말한다. 생물학적 성별과 성
  정체성이 일치하지 않는 사람은 트랜스젠더(transgender)라고 한다.

그럼
네 성기는?

그래, 네 거

(시스젠더) 여성의 성기는 뭐라고 부르나요?

난 '외음부'라 부르려 해.
외음부(해부학적 명칭)란 여성 성기에서
몸 밖으로 드러난 부분을 말해.
아마 그리 널리 쓰이는 단어는 아닐 거야.
난 이 말을 꽤 늦게 배웠어.
음경이라는 말은 알았어도…

넌 네가
부르고 싶은 대로 불러.
네 성기는 네 거니까.

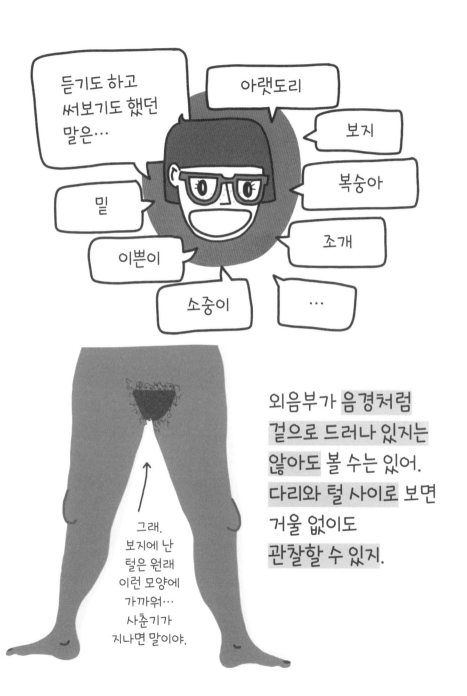

다른 사람의 외음부는 한 번도 제대로 본 적이 없어.
당연히 엄마, 언니, 친구들이 발가벗은 건 봤지.
하지만 누구도 자기 걸 보여주지는 않더라고…

사실 인터넷은 외음부를 볼 수 있는 유일한 공간이었어!

그렇지만 인터넷에는 해부도나

감염된 성기, 수술 장면, 동물 생식기 사진이 대부분이었어.

또 포르노! 포르노가 엄청 많았지!

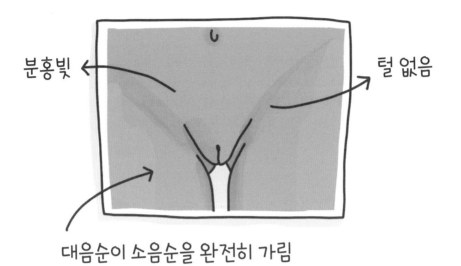

분홍빛

털 없음

대음순이 소음순을 완전히 가림

어린 여자애의 외음부 같지!?

이게 포르노의 기본 공식이야…

가장 쉽게 접할 수 있는 사진이기도 하고…

성행위가 제대로 묘사되지 않고
자리를 비우니까
포르노가 그 자리를 몽땅 차지하게 된 거야!

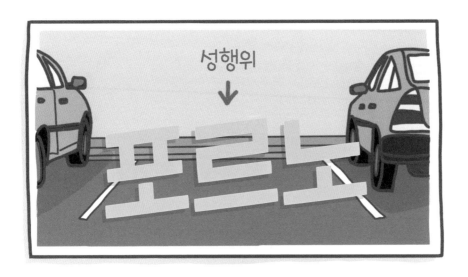

이때 우린 모든 걸 포르노 탓으로 돌리곤 해.
포르노를 희생양으로 삼는 거야.
그러면 우리 자신에게 너무 많은 질문을
하지 않아도 되거든!

그래. 한번 생각해봐.
포르노가 어디서 영향을 받고
영감을 얻는지.

포르노
사회

더구나 요즘에는 다들 인터넷에서 포르노를 보잖아.
사람들은 그 덕에 원하는 걸 정확히 찾을 수 있지.
제작자들도 사람들의 요구를 발 빠르게 반영하고.

성교 장면이나 나체를 볼 수 있는 데가 포르노 말고 또 있니?
텔레비전? 영화? 아니, 진짜 성교 말이야!
이불 덮고 꼼지락대는 거 말고 진짜 몸이 나오는 장면!
그렇다면 털이 무성한 보지, 발기한 자지가 나오는 데는?
없잖아!!!
이제 외음부 얘기로 돌아가자! 할 일이 남았어!!!

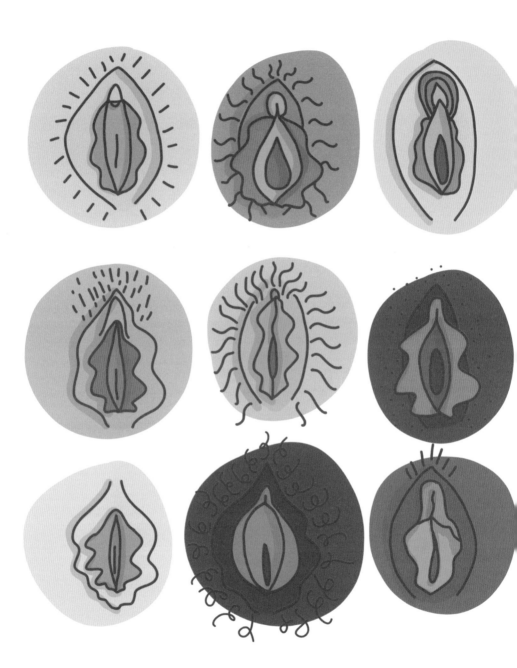

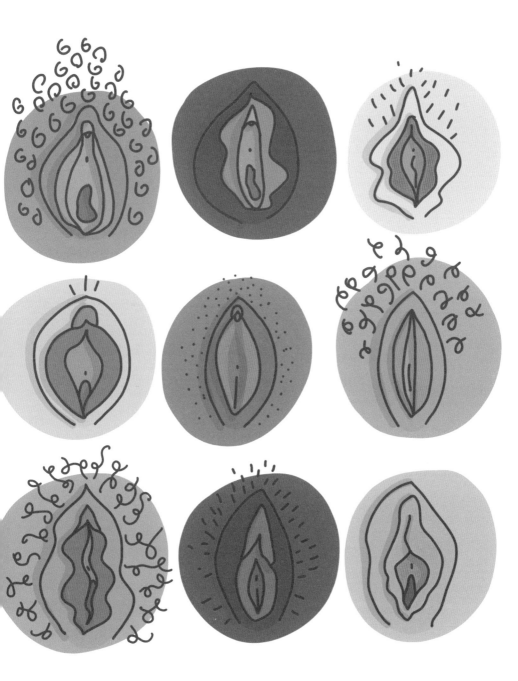

내 거

네 거

그림을 그리지는 않더라도
한번 들여다봐.

해부학 시간

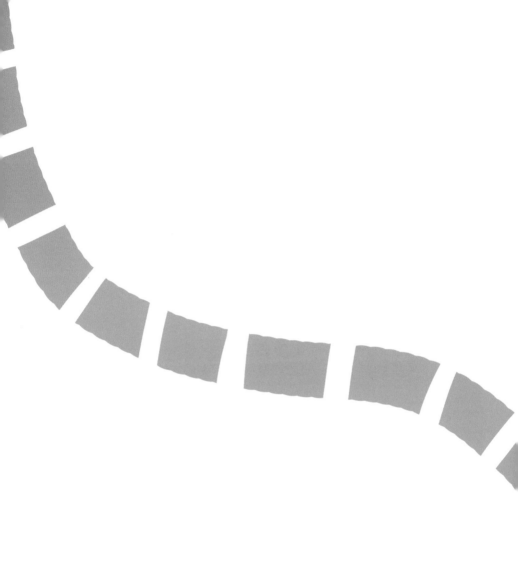

● 난소와 자궁을 연결하는 한 쌍의 관. 난자와 수정란이 이동하는 통로 역할을 한다.
●● 소음순 안쪽, 질구 양옆에 있는 점액 분비샘. 성적으로 흥분하면 점액을 분비해 윤활 작용을 한다.
●●● '플라닝 파밀리알(Planning familial)'은 프랑스어로 '가족계획'이라는 뜻이다. 1960년 조직된 이후 피임과 낙태에 대한 권리 증진, 성교육 운동 등에 앞장서고 있다.

처음에는
'전통적인 해부학 코스'대로
배워볼까 했어.

응. 해부학!
시스젠더 백인 남자들이
만든 학문 말이야.

생식기 이름만 봐도 알 수 있잖아!
팔로피우스관(나팔관)*,
└ (해당 기관을 발견한 녀석들의 이름)
└ 바르톨린샘(큰질어귀샘)**···

다행히 난 프랑스의 한 비영리단체인
'플라닝 파밀리알'*** 마르세유 지부에서
실습을 받을 수 있었어.
많은 것을 배웠단다.
아·랫·도·리에 대해!!!

물론 해부학은 몸에 대한 지식을 배울 수 있는 중요한 통로야.

그렇지만 전문적인 의학 지식과 해부도(+생명·지구과학 수업)가 전부는 아니지.

나는 실습에서 많은 걸 깨달았어.
내 몸에 대한 내 느낌과 경험이 과학적 지식만큼
중요하다는 것. 우리 조산사 선생님* 말씀처럼
이 둘은 완전히 다르다는 것도.
집에 살면서 받는 느낌과 집의 설계도가 다르듯이!
또 (단순화되고 획일화된) 지식은
느낌을 '짓뭉개는' 문제가 있다는 것도 알게 됐지.
그러니 너도 앞으로 내 얘기를 기억하도록 해.
왜냐하면 이제 네 몸속 도면을 그릴 거거든.

* 고마워요, 오딜 타가와 선생님.

내가 배운 것:

각 기관의
진짜 크기!

지금껏 몰랐던
새로운 기관!

각 기관의
자리!

미지의 무언가와
답을 찾지 못한
질문들!

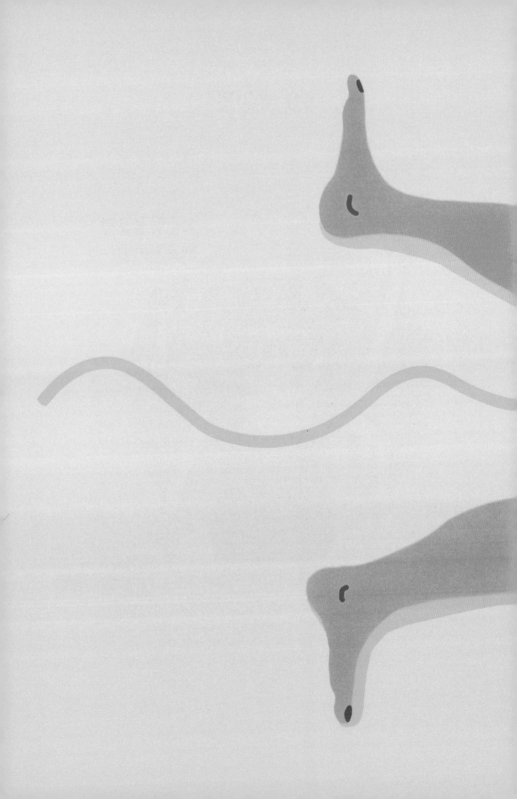

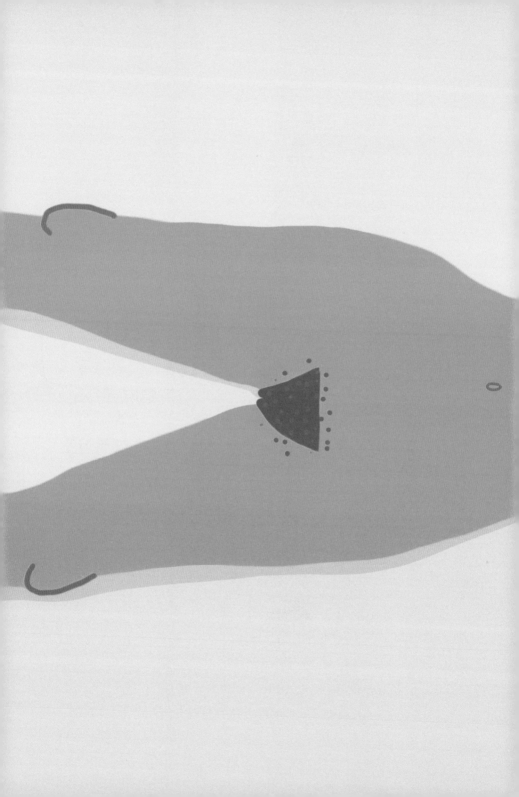

우리는 종종 여성 성기를 부를 때
'질'이라는 단어를 쓰지.
여성 성기를 보여줘야 할 때는
질의 단면을 보여주고.

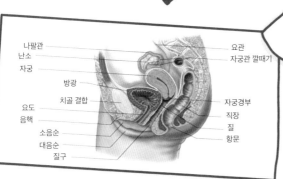

나팔관	요관
난소	자궁관 깔때기
자궁	
방광	
치골 결합	자궁경부
요도	직장
음핵	질
소음순	항문
대음순	
질구	

난 탐폰을 처음 넣을 때
내 성기를 봤어(거울로 잠깐).
그때는 내 몸이 크게
궁금하지는 않았어.

외음부

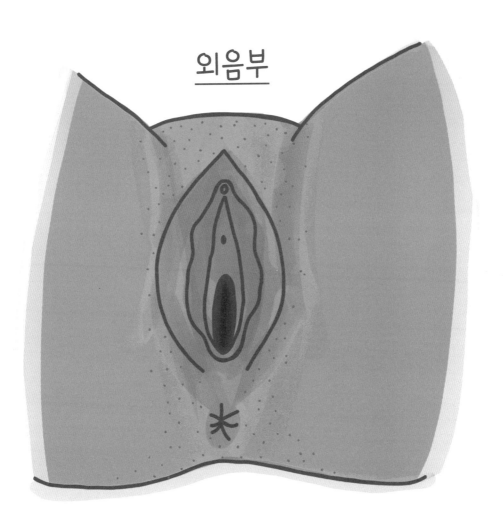

질 속으로 들어가려면 '겉'부터 살펴봐야지.

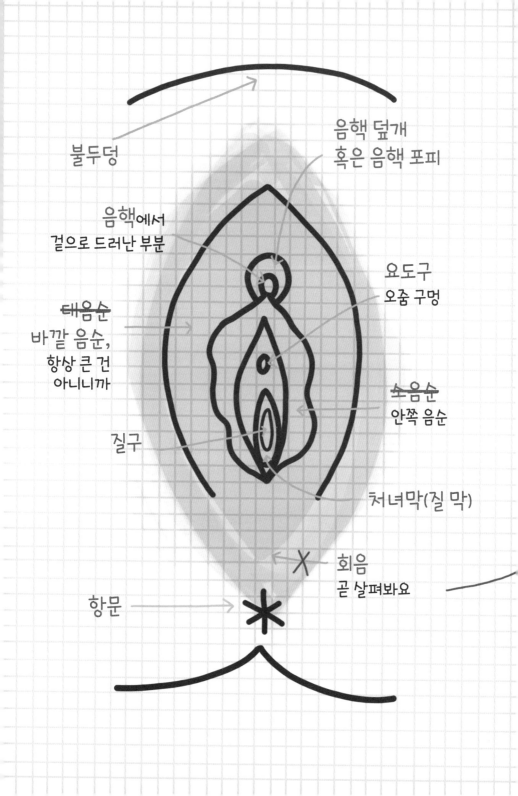

불두덩

음핵 덮개
혹은 음핵 포피

음핵에서
겉으로 드러난 부분

요도구
오줌 구멍

~~대음순~~
바깥 음순,
항상 큰 건
아니니까

~~소음순~~
안쪽 음순

질구

처녀막(질 막)

회음
곧 살펴봐요

항문

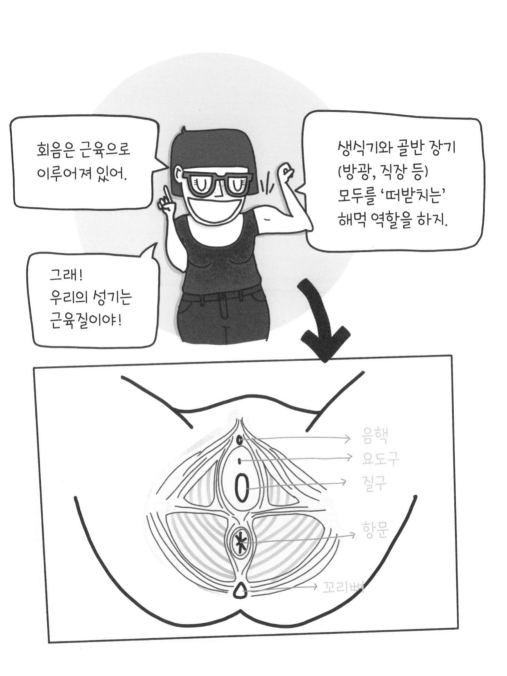

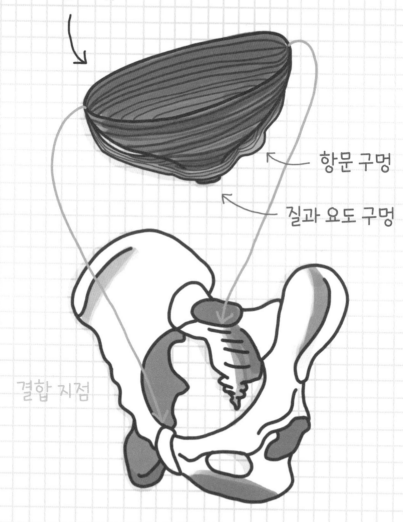

이 근육 모임은
골반에 들어 있지.

항문 구멍

질과 요도 구멍

결합 지점

회음의 능력은 무시당하고 평가절하되곤 해.
성관계 때 핵심적인 역할을 하는 게 회음인데도.
(질과 음핵에 영향을 준대.)
이뿐만 아니라…

태국에서는 '핑퐁쇼'라는 공연을 하기도 해.
그래, 맞아! 거기선 여자들이 질을 사용해서
탁구공을 던진대. 담배를 피우기도 하고!
한마디로 회음을 자유자재로 다룬다는 거지!!!

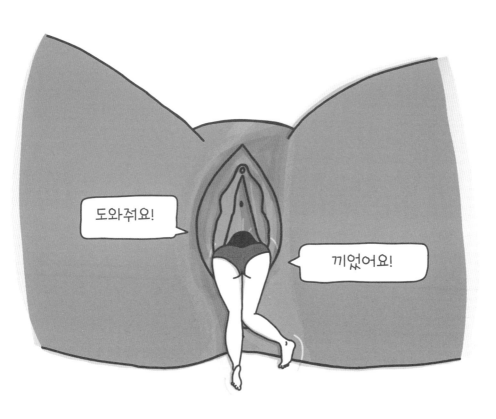

대부분의 (생물학적) 여성은 처녀막을 가지고 태어나.
이건 아주 얇은 막인데, 질구 일부분을 덮고 있어.
처녀막 조직에는 신경도 없고(고로 감각이 없음)
혈관도 없어. 질 분비물과 월경혈은
처녀막을 문제없이 통과하지.

처녀막의 모양은 모두가 달라.
(아예 없는 사람도 있어!)

세균, 특히 배설물로부터 질을 보호한다?

 배아 발달 과정에서 남은 것?
= 배아에서 장기가(수정란이 태아로) 발달하는 과정

음…

언젠간 찢어지지 않냐고?

그래, 찢어지지.
(때로는 첫 성교 한참 전에.)

하지만 성관계를 여러 번 한 뒤에도 멀쩡한 경우도 있어.

응?

첫 번째
(삽입) 성교는
왜 아프다고들
하냐고?

그야 서툴고, 분비액도 부족하고,
아는 게 별로 없으니까…
뭐? 피는 왜 나냐고?
점막(=질)은 매우 연하거든!

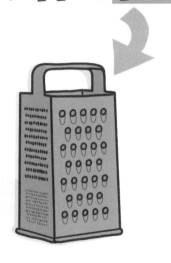

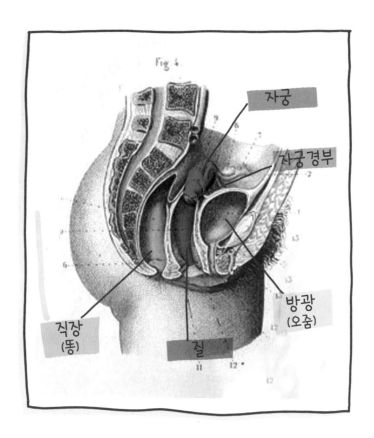

Fig 4.

자궁

자궁경부

방광
(오줌)

직장
(똥)

질

질은 외음부와 자궁을 연결하는 통로야.
여기서 잠깐! 질은 자궁으로 곧장 이어지지 않아.
질의 끝부분은 오목한 벽으로 막혀 있단다.

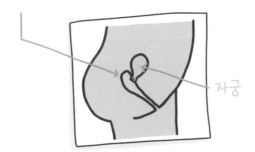

자궁

질의 길이는
8~10cm 정도야.
신축성이 매우 좋고
속은 촉촉해.
흥분하면
길이가 길어진대.

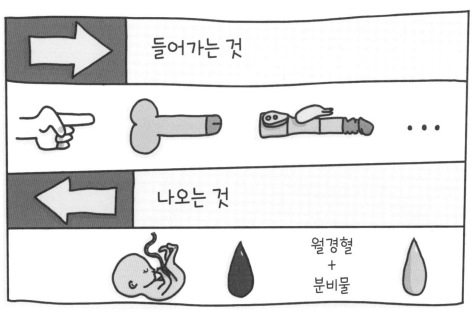

들어가는 것

. . .

나오는 것

월경혈
+
분비물

뿌우

!

질은 팔꿈치처럼
굽은 모양이야.

질 + =

음경이 들어갈 때는
질이 아니라 음경이 휘는 거란다!

질 **벽**의 두께는 `3~4mm` 정도야.

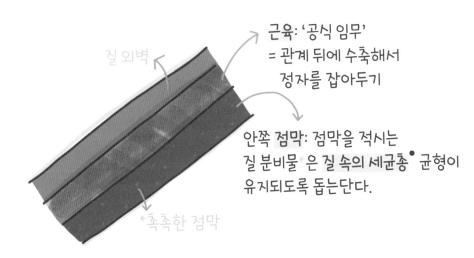

근육: '공식 임무'
= 관계 뒤에 수축해서
  정자를 잡아두기

질 외벽

안쪽 점막: 점막을 적시는
질 분비물 은 질 속의 세균총* 균형이
유지되도록 돕는단다.

*촉촉한 점막

● 피부, 점막 등에서 균형을 이루며 공존하는 미생물 집단.

맞아. 질은 많은 것이 오가는 통로야!

다행히 질에는 자신을 '깨끗하게' 유지하는
(=세균총 균형을 유지하는) 자정 능력이 있대.
(점막과 분비물 덕분이야!)

질 벽에는 **혈관은 많아도 신경 말단**은 거의 없어.
신경은 **질구**에 몰려 있대.
그 유명한 **G스폿**이 있다는 거기에.

← 가장 **민감한 부위**

G스폿은 논쟁적인 주제야!
이에 관한 연구는 거의 없어.
아니, 질이나 여성의 쾌락에 관한
연구 자체가 드물지!

솔직히
이해가
안 가!

박사님들은
대체 뭘
하고 계신담?!

너도 질이 얼마나
다재다능한지
봤지!?

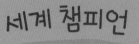

질로 14kg짜리
추를 들어 올린
여성

역도
질 종목

자궁경부에는 핀 머리만 한 구멍이 나 있어.

질 안을 제대로 만져본 건 그때가 처음이었지…

(그이 표정을 상상해봐!!!)

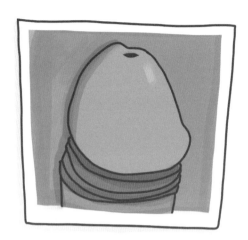

귀두

(음경 끄트머리)

자궁경부

(질 깊숙한 곳)

저런…

너 정말 보지에 대해
아무것도 모르는구나?!!

아!

이것도 알려줘야지!

자궁경부 세포를 채취하는 검사*를 받으면
(자궁경부) 암에 걸렸는지 알 수 있어.
이 암은 주로 인유두종 바이러스 때문에 생긴대.

그리스 출신 의사 파파니콜라우(1883~1962)가
검사법을 개발했어.

● 자궁경부 세포진 검사

작은 솔이나 막대로 자궁경부 세포
를 채취한 뒤, 유리 슬라이드에 바
르고 현미경으로 관찰한다. 파파니
콜라우의 이름을 따서 팝 스미어
(Pap smear)라고도 부른다.

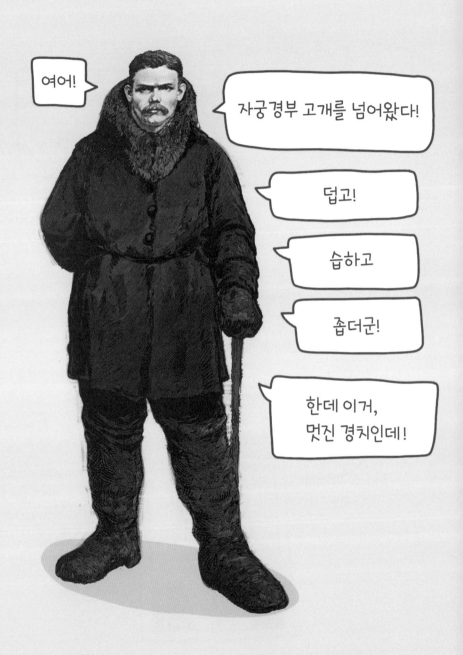

자궁경부를 지나면 자궁이 나와.

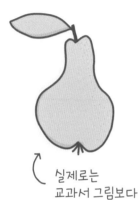

↳ 실제로는
교과서 그림보다
훨씬 작단다.

자궁은 크기와 모양이 작은 서양배만 한
(5~7cm), 근육으로 만든 둥지라고 할 수 있어.
자궁 안은 점막으로 덮여 있지.
(이걸 자궁 내막이라고 해.)

방귀
조심!

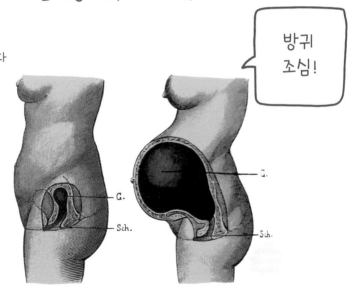

자궁은 신축성이
뛰어나서 임신을
하면 늘어나.
자궁의 근육은 정자를 빨아올리고, 점막을 배출하고,
아기를 밀어내는 역할을 해.

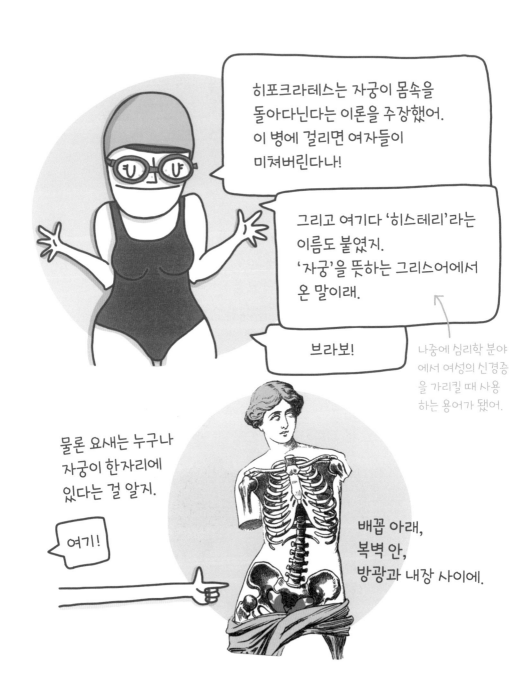

이건 두 개의
자궁넓은인대(자궁과 골반 내벽 측면을 연결함),
자궁엉치인대(자궁과 엉치뼈를 연결함),
자궁원인대(자궁과 불두덩, 대음순을 연결함) 덕분이야.

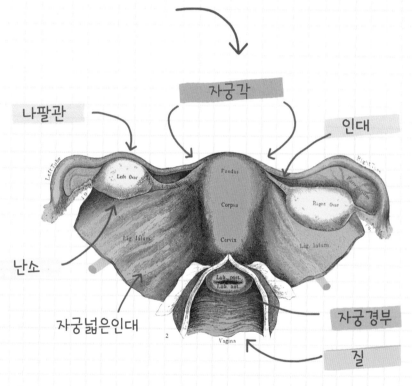

자궁각

나팔관

인대

난소

자궁넓은인대

자궁경부

질

 그림 속에서 시스젠더 여성의 생식기는
실제와 완전히 다른 크기와 비율로 묘사되곤 해.

나팔관(팔로피우스관)

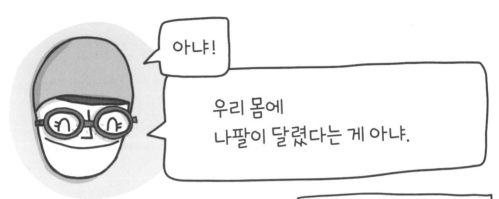

아냐!

우리 몸에
나팔이 달렸다는 게 아냐.

나팔관은 16세기 이탈리아 해부학자
가브리엘 팔로피우스가 발견한
신체 기관이란다.

이 사람이 나팔관을
처음 발견했다고들
하지만,
사실 확실하지는 않아!

이 몸이
발견했소!

하지만 음경이 자궁에 직접 들어가지 않는다는 사실을
알아낸 건 이 사람이 확실하지.
질에 '바기나(vagina)'라는 이름을 붙이기도 했고.

그는 콘돔의 조상을 발명하기도 했어.
매독을 예방하려고 얇은 천으로 맞춤형 콘돔을 만들었지.
그런데 그만 그걸 성교 후에 착용하라고 했다더군.

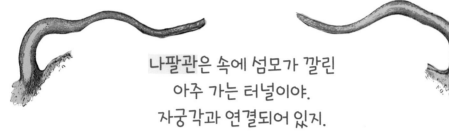

나팔관은 속에 섬모가 깔린
아주 가는 터널이야.
자궁각과 연결되어 있지.

SF 영화
같지 않니?

나팔관

난소

난자

'난자'가 성숙하면
(난자가 항상 그리고 평생
성숙할 수 있는 건 아냐!
나중에 살펴보자!)
두 나팔관 중 하나가
난소 쪽으로, 그러니까 난포
(난자의 집)가 있는 쪽으로
정확히 다가가 배출되는
난자를 낚아채. 그리고
이 난자를 컨베이어 벨트
(섬모)에 태워 자궁으로
실어 보내지.

난소

자궁 양쪽에 하나씩 달린 난소를 보면 호두 같기도 해.
자궁과 난소는 인대로 연결돼.

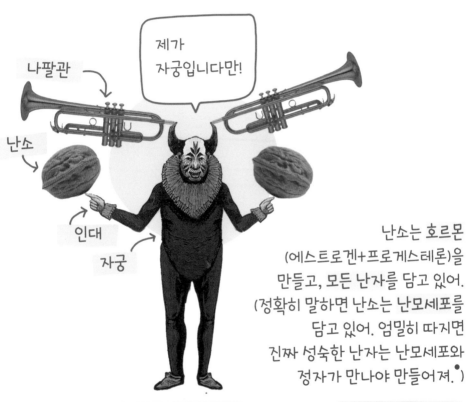

난소는 호르몬
(에스트로겐+프로게스테론)을
만들고, 모든 난자를 담고 있어.
(정확히 말하면 난소는 난모세포를
담고 있어. 엄밀히 따지면
진짜 성숙한 난자는 난모세포와
정자가 만나야 만들어져.●)

태어날 때 난소에는 난모세포가 약 700만 개 들어 있어.
하지만 사춘기(매달 난모세포가 성숙하기 시작하는 시기)가 되면
약 40만 개만 남지. 정확한 이유는 아무도 몰라!

● 난모세포는 두 번의 감수분열을 거쳐 난자가 된다. 흔히 배란 때 난자가 배출된다고 표현하지만, 정확히 말하면 첫 번째 감수분열을 마치고, 두 번째 감수분열을 끝내지 않은 난모세포가 배출된다. 이 난모세포는 정자가 침입하면 감수 분열을 마치고 완전히 성숙한 난자가 된다. 한국어판에서는 일반적인 표현을 따라 배란 직전과 배란 이후의 난모세포 를 난자로 옮겼다.

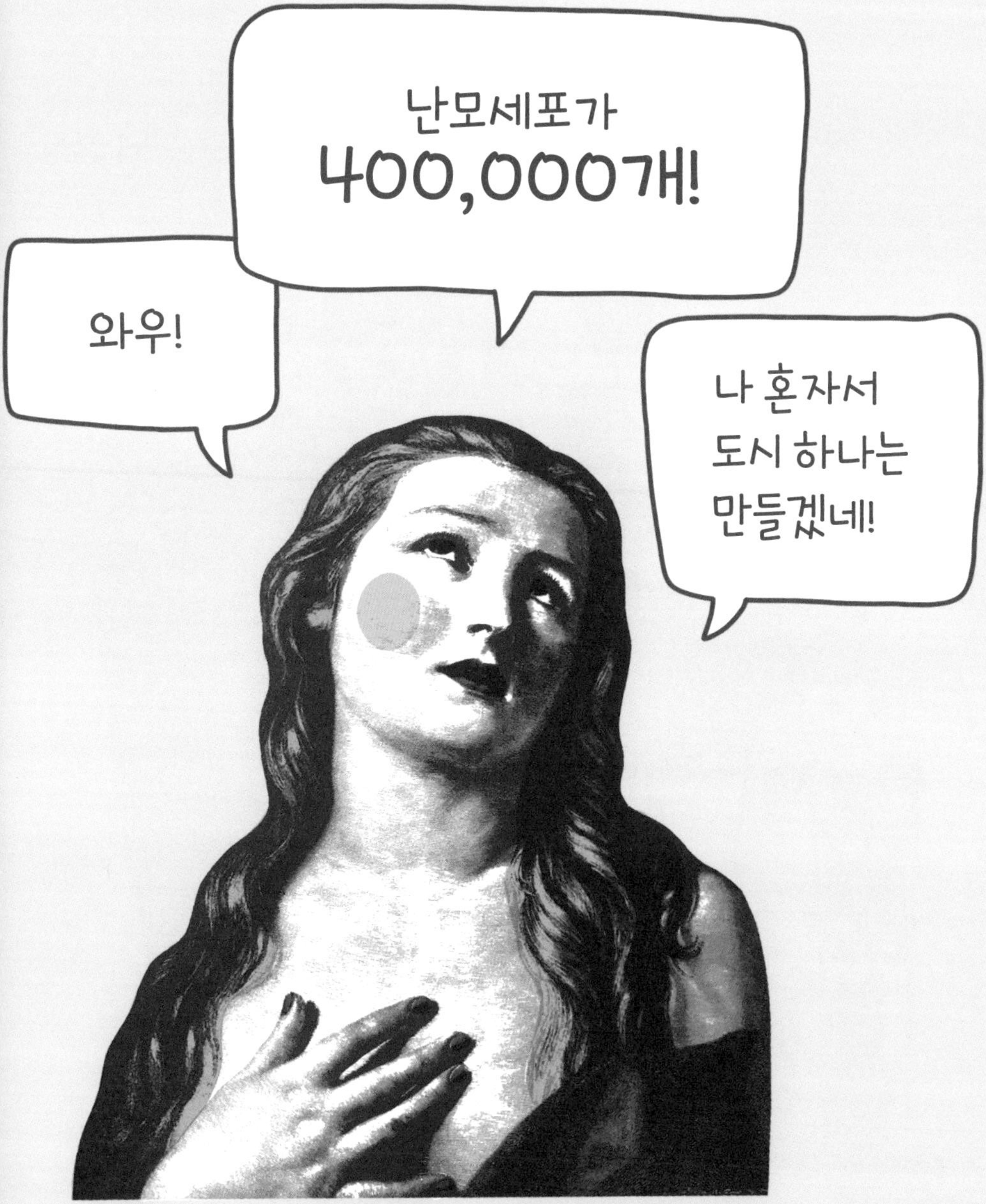
와우!
난모세포가 400,000개!
나 혼자서 도시 하나는 만들겠네!

네가 동굴에 틀어박혀
내리 잠만 잔 게 아니라면,
다음 주제에 관한 지식에
큰 진전이 있었다는 것쯤은 알 거야.

음핵

그래! 바로
여기 이 단추!
그런데 사실 이건…

이 쾌락의 기관에서 눈에 보이는 부분일 뿐이야.
그래, 쾌락. 음핵의 용도는 딱 하나,
쾌락이거든!!!

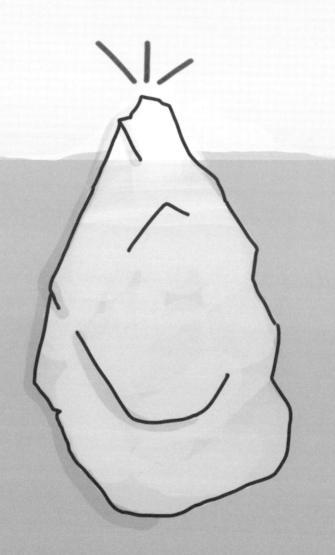

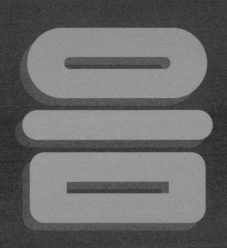

음핵의 다른 말인 '클리토리스'라는 단어는 기원을 알 수 없어.
다만 옛날 옛적 그리스어로는 언덕, 작은 언덕, 비탈 등을 뜻했대.
한편 프랑스의 모렐 드 뤼방프레라는 의사는
'간질이다'라는 뜻의 그리스어 '클리토리진(kleitorizein)'이
그 어원이라 주장했지(1829).

자! 음핵의 전체 모습이야!

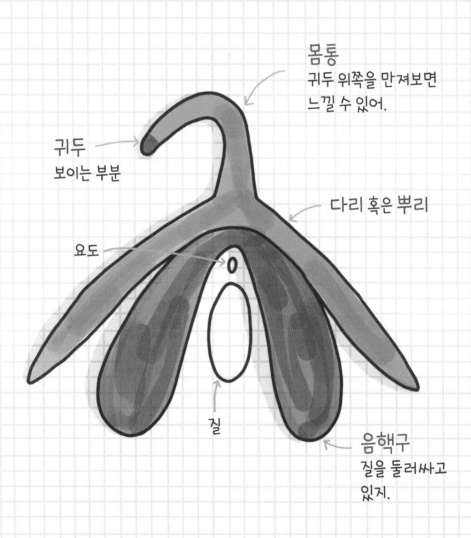

몸통
귀두 위쪽을 만져보면
느낄 수 있어.

귀두
보이는 부분

다리 혹은 뿌리

요도

0

질

음핵구
질을 둘러싸고
있지.

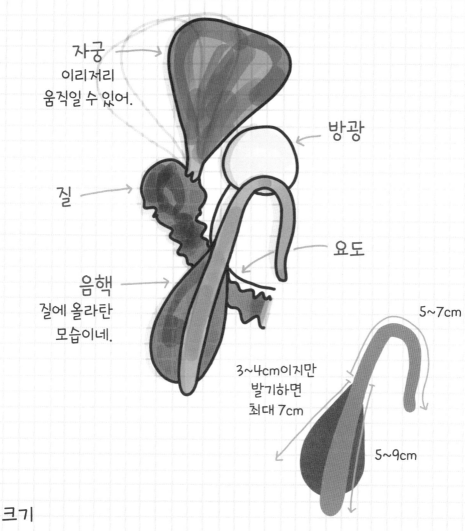

자궁
이리저리
움직일 수 있어.

방광

질

요도

음핵
질에 올라탄
모습이네.

5~7cm

3~4cm이지만
발기하면
최대 7cm

5~9cm

크기

음핵은 10cm가 넘어. 자궁과 비슷한 크기지.

음핵에 관한 연구는 최근에야 이루어지고 있고, 아직 밝혀지지 않은
게 많아. 여기서는 미국 비뇨기과 의사 진저(Ginger)와 양(Yang)의
연구(2011)를 참고했어.

귀두

음핵에서 눈으로 볼 수 있는
유일한 부위야. 가끔은 음핵 포피에
완전히 가려진 경우도 있어.

음핵구

두 개의 음핵구는 해면체로 이루어져 있어.
질을 둘러싸고 있고, 요도 위에서
음핵 몸통과 만나지. 음핵구는 회음 근육으로
덮여 있어. 이 근육이 수축하면 음핵구의
혈액이 몸통 쪽으로 이동해 음핵이
발기된다고 해.

음핵 절제는 여러 가지 사회·종교적 이유로 행해지는 여성 성기
훼손 행위를 뜻해. 귀두, 포피는 물론 음핵 몸통의 일부, 소음순,
대음순까지 잘라내지. 심하면 질구를 봉하기도 한대…
요즘에는 복원 수술로 성기의 형태와 감각 일부를 되돌릴 수 있어.

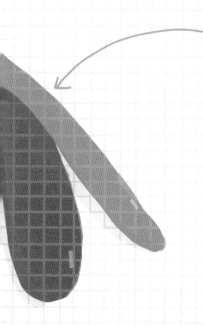

음핵 몸통

음핵 다리 한 쌍을 모아
귀두로 연결하지.

음핵 다리

흥분하면 혈액이 차올라.
골반을 따라 뻗어 있어.

쾌락을 위한 기관

음핵의 역할은 단 하나야. 쾌락이지!
음핵에는 신경이 잔뜩 분포해 있대. 귀두, 몸통이 시작되는 곳
(질구 쪽=G스폿?)에는 특히 더 많이. 성적으로 흥분하면 혈액이
가득 차서 딱딱해져. 그래, 그렇대도!

발기한다는 거잖아!

다른 기관들은?

다른 기관들에 대해서는 들어본 적이 거의 없어서
정보를 찾기가 굉장히 힘들었어. 대신 플라닝
파밀리알에서 연 '아랫도리 파티(Foufoune Party)'라는
수업에서 많이 배웠지.

바르톨린샘 혹은 루시·벳시샘

질 양쪽 가장자리, 음핵구 아래에 있어.
점액을 분비해 외음부와 질을
미끈거리게 만들지.
사춘기가 되어야 활동을 시작해.

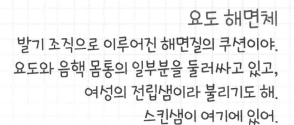
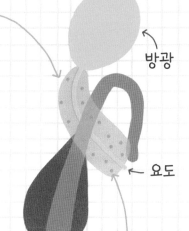

요도 해면체

발기 조직으로 이루어진 해면질의 쿠션이야.
요도와 음핵 몸통의 일부분을 둘러싸고 있고,
여성의 전립샘이라 불리기도 해.
스킨샘이 여기에 있어.

방광

← 요도

스킨샘

성행위가 격렬해지면 투명한 액체를 분비해.
보통은 아주 적은 양이 나오지만,
때로는 엄청난 양이 배출돼!
이때 이걸 여성 사정이라 하지.
(사정하는 여자에 대해서는 들어봤지?)
하지만 이 액체의 성분은 여전히
수수께끼야. 질액? 소변? 그도 아니면
요도 해면체에서 만들어진 액체?

G 스폿

G스폿이란 다른 게 아니라
엄청 예민한 성감대를 가리키는 말이야.
한 가지 밝혀두자면, 이건 꾹 누르면 오르가슴을 일으키는
버튼 같은 게 아니라는 거야. 음핵 귀두도 마찬가지고!

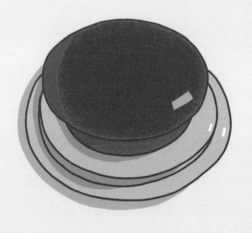

사실 그건… 여성 성기에 관한 연구가
거의 없기 때문이야(출산은 제외).
경제적인 지원이 없거든(=아무도 관심 없음!).

그리스·로마 시대

음핵을 쾌락의 기관으로 인식함.

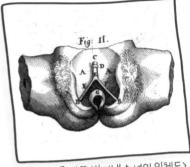

* <피부를 반쯤 벗겨낸 소녀의 인체도>,
줄리오 카세리오, 1600.

16세기

음핵의 안팎 모습이
해부도에 담김.
(이후 음핵의 존재는 잊힘!)

대 암흑기(꼭꼭 숨어라. 머리카락 보일라!)

1960   무지의 극치!

1998   음핵이 사상 최초로 완전하고 완벽하게 묘사됨. 드디어!•

2008   성교 중인 음핵을 최초로 초음파 촬영함. ••

2016   프랑스 중고등학생의 성교육을 위해 3D 프린터용 음핵 도면을 제작함.

2017   음핵의 (전체) 모습이 프랑스 교과서에 실림(단 한 군데).

     다음에 계속…

• 호주의 비뇨기과 의사 헬렌 오코넬(Helen O'Connell)은
1998년 음핵을 해부학적으로 재조명한 논문을 발표했다.
•• 프랑스의 산부인과 의사 오딜 뷔송(Odile Buisson)과 비뇨기과 의사
피에르 폴데스(Pierre Foldès)가 촬영했다.

도대체 왜죠?!

여성,
여성의 몸
그리고 의학

여성은
불완전하고도
열등한
존재다.

아리스토텔레스

기원전 400년

먼 옛날, 아리스토텔레스와 플라톤
(철학자이자 위대한 사상가)은
여성에 대해 대단한 헛소리를
지껄였지. 이들의 발언은 역사와
의학에 지대한 영향을 끼쳤어.

얘, 혹시 히포크라테스
메일 주소 아니?
보지가
가려워서…

당시 여성들은 의사에게
직접 치료받을 수 없었어.
의사에게 증상을 전달한 뒤에
집에서 혼자 치료하곤 했지.

(히포크라테스: 의사, 철학자,
의학의 아버지로 불림.)

의사는 얌전히 환자만 돌보는 직업이 아니었어. 그들은 삶과 윤리 같은 주제에 대해서도 의견을 냈단다…

그들은 자궁이 아기를 가지려고 안달이 난 생명체라고 생각했어. 플라톤은 자궁의 기능(출산의 기능)을 오래 방치하면 병이 생긴다고도 했지.

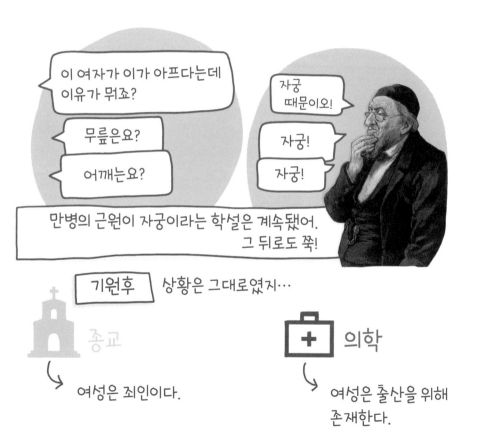

이 여자가 이가 아프다는데 이유가 뭐죠?

무릎은요?

어깨는요?

자궁 때문이오!

자궁!

자궁!

만병의 근원이 자궁이라는 학설은 계속됐어. 그 뒤로도 쭉!

기원후 상황은 그대로였지…

종교

여성은 죄인이다.

의학

여성은 출산을 위해 존재한다.

모든 여성은 이브의 딸, 죄인이었어.
여성의 몸은 유혹의 샘이자
남성을 더럽히고 타락시키는
파멸의 씨앗이었지.

 불신!

아~
해봐!

당시 의사들은 교회에 소속되어 있었고, 대부분이
성직자이기도 했어. 치료받을 수 있는 사람은
부자뿐이었지. 가난한 이들은 기도나 드리는 수밖에!

이 시기에 마을에는 사람들에게 의료 서비스(치료와
치료제 제조)를 제공하는 여자 치료사들이 있었어.
바로 이들이…

 마녀야!

신경질적인 정신병자,
미친 악마 숭배자…
마녀를 탄압했던 자들은
마녀의 이미지를 만들었어.

14~17세기의 마녀사냥
(독일에서 영국까지)

여성 치료사들은 의학계와 종교계의 경쟁자로 떠올랐어.
(이 여성들에게 치유란 신의 의지와는 상관없는 일이었으니까.)

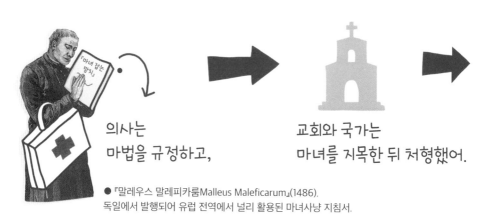

의사는
마법을 규정하고,

교회와 국가는
마녀를 지목한 뒤 처형했어.

● 『말레우스 말레피카룸Malleus Maleficarum』(1486).
독일에서 발행되어 유럽 전역에서 널리 활용된 마녀사냥 지침서.

그 결과, 여성 치료사들과 그들의 지식이
영영 사라지게 됐지. (그럼에도 살아남아
오늘날까지 사용되는 치료법도 있어.)

= 여성에 의한, 여성을 위한 치료법과 지식 소멸

5만~10만 명 처형

공소장

- 여성임.
- 비밀 집회에 참여함(마법 전수를 위해).
- 의학 및 산과 지식을 보유함.
+ 악마와 결탁함!

그래서 오늘날 서양에는
전통 의학이라고 할 만한 게
거의 남아 있지 않아.
유럽에 아유르베다, 한의학 같은 게
없는 이유지.

17세기

특종! 여성은 출산에서
아기 품는 둥지 이상의 역할을 한다.
여성은 알을 생산한다!

1651년 영국의 의사 윌리엄 하비는
포유류의 배아를 관찰하며 배아가
알(난자)에서 비롯한다고 생각했어.
그리고 사람도 마찬가지일 것으로
추정했지.

18세기

여성은 공적인 임무를 수행하거나
학문을 갈고닦을 수 없다.
너무 연약하고 뇌가 작기 때문이다…

여성은 부끄러워서
의사를 거의 찾지 않는다.
그리고 여성의 몸은 원래
허약하고 질병에 취약하다.
= 높은 사망률

19세기

산업화

가족 구조와 여성의 지위가 달라지기
시작해. 여성이 사회생활을 시작했고
아이도 둘 이상 낳지 않았어.
본격적으로 교육 현장에
뛰어들기도 했지.

1875년 마들렌 브레스, 프랑스 여성 최초로 의학 박사가 됨.

제1차 세계대전 이후

산 생명은
모두 살리자!

→ 질병 예방

→ 출산 관리

의학이 가정의 영역에 들어와
모성을 관리했어
(통제와 조절).

1942년, 낙태하면 사형에 처한다(프랑스).

제2차 세계대전 이후

- 1967   피임 허용(프랑스)

- 1975   임신중절죄 폐지(프랑스)

- 1982   임신중절 수술에
건강보험 적용(프랑스)

- …

⇨ 모든 여성이 몸에 대한 주권과
자기 결정권을 회복하고,
의료 혜택을 누리는 방향으로
나아가고 있어.

산부인과!

너도 알다시피
의학계는 오랜 시간이 지나서야 보지
(출산에 관한 게 아닌 보지 그 자체)에
관심을 보였지.

16세기, 여성 생식기에 관한 최초의 연구가 이루어짐.

미국 부인과 의사
제임스 매리언 심스(1813~1883)는
현대 '부인과학의 아버지'로 알려져 있어.
그는 의과 공부를 마친 뒤 여성 생식기를
본격적으로 연구하기로 마음먹었어.
(모두 눈곱만큼도 관심이 없었을 때 말야.)

1845년
여성 전문
병원 설립

연구에는 서른 마리가 넘는
실험용 쥐가 동원됐어.
그건 바로
노예 여성들이었지…

아나차, 루시, 벳시. 우리에게 알려진 이름은 이 셋뿐이야.
이들은 몇 번이고 수술을 받아야 했대.
수술 동의도, 마취도 없이(마취법이 존재했는데도)!!!

이분이야말로
현대 부인과학의
어머니가
아닐까?

아나차는
수술을
서른 번도
넘게 받았대…

아나차

마지막으로, 프랑스 대학에 부인과 전공이 생긴 건
1963년이라는 사실도 알려줄게.

자! 여성과 의학이 맺어온 관계의
역사를 간추리고 또 간추려봤어.

물론 못다 한 얘기가 백만 개는 될 거야!
그래도 이 정도면 역사가
어떻게 흘러왔는지 감 잡았지?

여성은 약 40년에 걸쳐
(12.6세에서 51세까지)
총 400번의 월경 주기를 지낸대*.
이 기간을 가임기라고 해.

*프랑스 국립인구문제연구소(Ined)

월경 주기에서 가장 눈에 띄는 현상은 단연 월경이야.
하지만 이게 전부는 아니지.
월경 주기에는 몸이 임신을 준비하기 위해
갖가지 일을 벌이거든.

이상하게 들릴지 몰라도 난 월경 주기가 조금 짜증나.
내 몸이 단지 아기를 낳기 위한 건가 싶을 정도로
내 삶에서 너무 큰 부분을 차지하니까.
난 그저 예비 엄마일 뿐이고,
사람들도 날 그렇게 바라보는 게 당연하다 싶을 정도야.

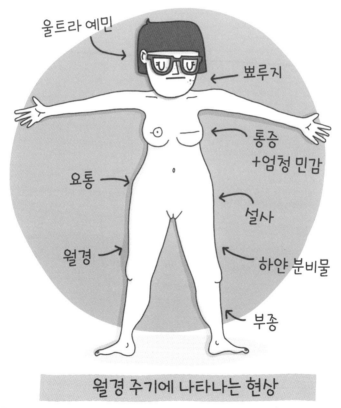

울트라 예민

뾰루지

통증
+엄청 민감

요통

설사

월경

하얀 분비물

부종

월경 주기에 나타나는 현상

(한꺼번에 전부 나타나는 게 아니라 주기 전체에 걸쳐 나타나요!)

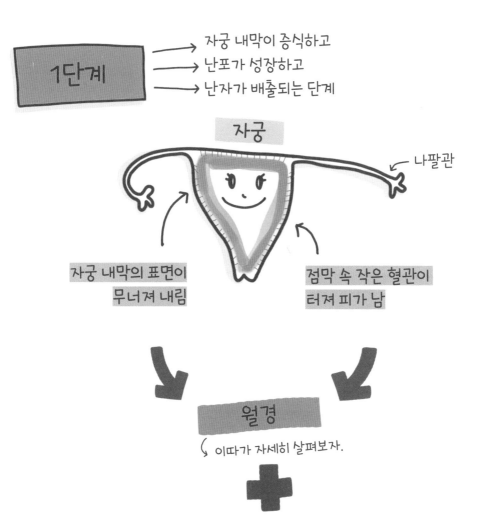

1단계 → 자궁 내막이 증식하고
→ 난포가 성장하고
→ 난자가 배출되는 단계

자궁

나팔관

자궁 내막의 표면이
무너져 내림

점막 속 작은 혈관이
터져 피가 남

월경

이따가 자세히 살펴보자.

✉ 난소에 새 난모세포를 키우라는 편지를 보냄

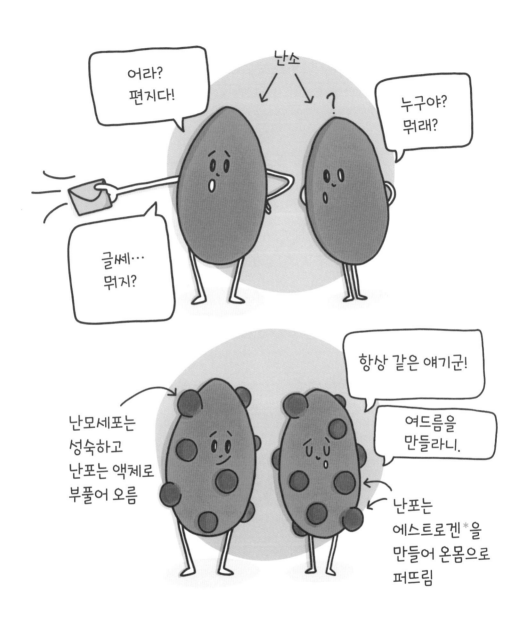

* 인체에 화학적 메시지를 전달하는 호르몬 중 하나.

가위
바위
보

이 중에 끝까지
자라는 난모세포는
단 하나! 나머지는
분해되어 사라져.

난모세포가 성장할수록 에스트로겐 분비도 활발해져.
에스트로겐은 몸속을 돌아다니다 뇌에 도달해
난모세포가 성숙한 정도를 알려주지.

그동안…

혈중 에스트로겐 농도가
올라가면서 자궁 내막 표면이
재생되기 시작해.

자궁경부는 더
부드러워지고.

133

자궁경부 점액이라는
액체도 만들어져.

!?

이 점액은 각종 능력을 갖춘 마법의 물약이야.
특히 질을 미끄럽게 만들고, 정자에 영양을 공급하지.

점액의 농도는 월경 주기의 단계에 따라
달라진단다. 처음에는 질고 약간 끈적이며,
끈끈하고 덩어리진 상태야. 색깔은 희거나 노랗지.
그러다 점차 맑고 투명하고 묽게 바뀌어.
점액은 자궁경부에서부터 질과 외음부로 흘러가.

혈중 에스트로겐 농도가 최고조라는 말은 난모세포가 충분히 성숙한 상태라는 얘기야. 이때 **뇌하수체**(뇌에서 호르몬을 분비하는 기관 중 하나)는 배란을 촉진하기 위해 황체형성 호르몬(LH)을 내보낸단다.

임신이 가능한 기간은 이 두 단계 사이에 걸쳐 있지. 난자는 배란 후 약 24시간 동안 살 수 있어. 한편 정자는 사정 후 4~5일 살 수 있어. 자궁경부 점액 덕분이야.

2단계

유후!

배란 완료. 상황 끝!

배란이 일어나면, 난포 위에서 기다리던 나팔관이 난자를 낚아채. 난자를 내보낸 난포는 **황체**로 변한단다. 여기서는 프로게스테론이라는 호르몬이 나와. 이 호르몬의 영향으로 자궁 내막에는 가느다란 혈관들이 들어차지. 장차 배아에 영양을 공급하기 위해 작은 분비샘들도 발달해.

자궁 내막은 배란 일주일 뒤에 가장 두꺼워져. 수정란을 받아들일 만반의 준비를 마친 거지.

이게 전부가 아니야!

자궁경부 점액 분비가 멈추고

자궁경부가 좁아지며

프로게스테론이 유방의 혈류량을 늘리고 젖샘을 자극해.

I ♥ Vagina

이제 수정 소식을 기다리며 잠시 휴식.

수정 **X**

프로게스테론 급감 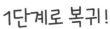 PMS
(이따 얘기해요)

점막 속 미세한 혈관들의 파열

월경   그리고

1단계로 복귀!

혈관 속의 피는 영양분, 항체, 분비 세포,
림프액, 자궁 내막 조직과 함께
3~5일간 몸 밖으로 배출돼.

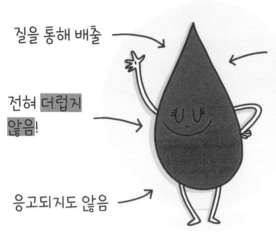

질을 통해 배출

전혀 더럽지 않음!

응고되지도 않음

비타민, 단백질, 당질, 구리, 마그네슘, 칼슘, 칼륨 등의 영양소로 가득!

화분에 월경혈을 줘도 된다는 얘기를 어딘가에서 읽었어! (어딘지는 까먹었지만.)

이 책을 쓰고 있는 지금으로서는 시도해보지 않았지만, 나중에 꼭 해볼게. 약속!

월경통의 원인은 무엇일까요?

(월경혈을 내보내기 위해)
자궁경부가 팽창하고
자궁이 수축하면서
통증이 생길 수 있어.
그뿐 아니라 설사가 나거나
소변이 자주 마렵기도 하지!

! ?

호르몬 농도가 급격히 떨어지고 이로 인해 신체 균형이 깨지면
뾰루지와 두통이 생기기도 해. 두피에 기름이 지거나 감정 기복이
심해지는 것도 마찬가지 이유야. ⟶ 이게 바로 PMS야.

월경전 증후군(PMS)

월경 주기는 스트레스,
감정 상태, 과격한 운동,
피로 등 다양한 요소로부터
영향을 받아.

그리고 사람에 따라
23~35일 주기로
반복되고.

이제 잘 알겠지?

내분비기관

혈액을 통해 우리 몸에 호르몬(일종의 화학 물질)을 분비하는
기관과 조직을 말해. 호르몬은 수용체에 달라붙어
메시지를 전달하는 몸속의 우체부야.

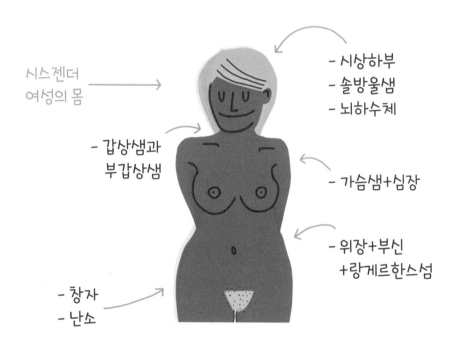

시스젠더
여성의 몸 →

- 시상하부
- 솔방울샘
- 뇌하수체

- 갑상샘과
  부갑상샘

- 가슴샘+심장

- 위장+부신
  +랑게르한스섬

- 창자
- 난소

 호르몬 메시지가 작용하는 영역:
사춘기, 성욕, 성장, 수면, 충동, 감정, 체온, 월경 주기…

여성 호르몬(여성의 몸에서 만들어지는 호르몬)은 난소에서 나오지.

에스트로겐은 월경 주기, 배란, 체모와 유방 발달, 사춘기, 성욕 등을 조절하고 착상에 적합한 자궁 환경을 만들어.

프로게스테론은 배아가 산모의 자궁에서 안정적으로 자라도록 돕지.

호르몬이 내 몸에 미치는 영향에 대해서는 잘 모르고 있었어. 매번 이 지경이었는데도…

호르몬이 잘 작동하고 있다는 증거야. 그런데 이거 정말 무시무시하다고!

그날

월경은 인류의 절반과 관계된 일이지만
사람들이 여전히 쉬쉬하는 일이기도 해.

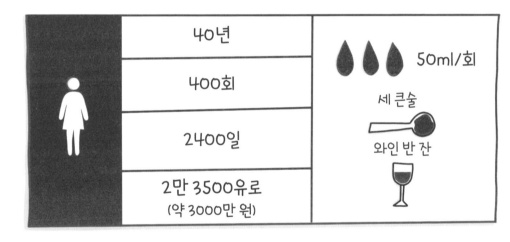

40년		50ml/회
400회	세 큰술	
2400일	와인 반 잔	
2만 3500유로 (약 3000만 원)		

생리대 광고에는 파란 피가 나오고,
생리대를 빌릴 때는 소곤소곤 말하지.
인터넷에서는 월경혈 자국이 나온 사진을 검열하고…

월경 중인 여자는 불순하고
(대부분 문화와 종교에 뿌리 깊이 박힌 생각),
월경혈은 매우 부정적인 것(정액과는 한참 다르게
콧물, 오줌, 귀지보다도 못한 것)으로 여겨져.

대체 왜죠?

정말 미스터리하군!
짜증이 날 지경이야!!!

월경혈이 여성이라는
수수께끼를 상징하니까?
남성은 그 비밀을 이해할 수 없고
매번 좌절할 수밖에 없어서?

목말라
…

안 돼요!
지금은…

여성들이 임신 가능성이 높은
성관계를 위해 선사 시대 이래로
만든 금기다?
월경할 때 관계를 피하고 월경 후
(=임신 가능 기간)에 집중하려고?

유후!

모두 내 덕이야!

월경이 이브의 죄,
즉 원죄를 상징하기 때문에?

월경혈은 임신하지 않았다는 걸 의미하니까?

아기?

훗, 꿈 깨시죠!

등등 아주 많은 가설이 있지만 (이외에도 다수 존재), 없는 게 더 나을 뻔했어…

우리가 월경에 붙인
별명과 표현

소피 이모, 영국군이 쳐들어오다, 괴로운 한 주,
그날, 그것, 공사, 케첩 주간, 자줏빛 강, 홍양,
붉은 구역, 어릿광대, 가지, 대홍수, 대자연,
빨간 깃발, 추기경을 모시다, 거시기, 토마토를 뭉개다,
공산주의자, 기간, 매직, 개양귀비, 딸기 철,

로마에서 받은 편지, 후작의 방문, 페인트공,
미키, 달, 마법, 소스, 멘스, 빨간 등, 자두,
달을 보다, 마술, 붉은 왕,『홍당무』를 다시 읽다,
소방관을 부르다, 가족을 맞이하다, 달거리,
기항하다, 붉은 군대가 마을에 들어오다,
매월 수행하는 신성한 의무, 미셸이 마을에 오다,
월객, 카슈-탕퐁(물건 감추기) 놀이를 하다, 빨간 날,
월귤나무의 주, 흡혈귀의 탕약, 홍해의 밀물, 하역,
아메리카 인디언, 부상자, 내 고양이가 주둥이를 다치다,
니스에서의 산책, 행주를 차다, 샌드위치, ㅅ ㄹ,
몸이 불편한, 헝겊을 차다, 반상회, 사촌의 방문…

엄마!
피가 나요!

월경에 대한 얘기를 듣기 시작한 건 초등학교를 졸업할
무렵이었어(TV에서 생리대 광고는 봤음).
월경은 내게 쿨한 이미지의, 진짜 여자로의 출발을 알리는
뭔가였지. 조금만 있으면 월경을 하고, 그 세계를 발견하고,
어른이 될 수 있다는 생각에 몹시 들떴었어!
진짜 월경에 관해서는 아무것도 몰랐지만.

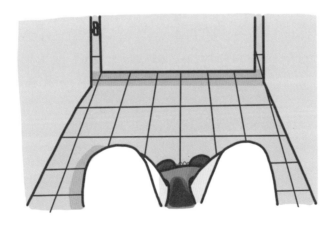

처음 피가 나왔을 때 난 여름 캠프에 가 있었어.
당황스럽고 겁이 났지.

다행히 한 선생님께서
간단히 설명해주시더군.

월경은 매달

사나흘 하는 거야.

생리대나 탐폰을 쓰면 된단다.

엄마가 설명해주지 않으셨니?

엄마! 나 생리해!
그런데 왜 아무것도 알려주지 않았어요?

정말? 내가?
오, 네 언니랑 헷갈렸나봐…

참 기억에 남는 순간이야.
그때의 상황은 아주 또렷하지만,
정작 몸으로 뭘 느꼈는지는 전혀 떠오르지 않거든.
(이상하지 않니?!) ← 아이러니

월경은 내게 여전히 성가신 존재야.
하지만 이 책을 쓰고, 내 몸이 어떤 식으로 움직이는지
조금 더 알게 되면서 월경과 다시 가까워지고 있어.

♥

생리대

일회용 생리대

- 팬티에 붙이는 일회용 패드
- 몸 밖에서 피를 흡수함
- 주기적으로 교체 필요
- 크기가 다양함
- 착용감이 썩 좋지는 않음

면 생리대

- 재사용 가능(5~10년)
- 세탁기 사용 가능

똑딱단추

탐폰

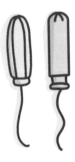

- 질 안에서 피를 흡수하는 원기둥 모양의 솜방망이
- 애플리케이터*형과 일반형
- 양에 따라 크기가 다양함
- 약 4시간마다 교체
- 독성 쇼크 증후군 주의(260쪽 참고)

* 착용 시 질에 손가락을 넣지 않도록 도와주는 도구

생리컵

- 질에 넣어 피를 받아내는 실리콘 용기
- 하루 1~2회 화장실에서 비우고 물로 헹굼
- 체형에 따라 크기가 다양함
- 삽입 요령 필요
- 월경이 끝나면 열탕 소독할 것(살균)
- 독성 쇼크 증후군 주의(260쪽 참고)
- 수명: 5년

해면

- 질에 삽입함
- 하루 1~2회 세척
- 천연 재료
- 수명: 10개월

생리 팬티

- 피를 흡수하는 속옷(첨단 섬유)
- 세탁기 사용 가능
- 양이 보통인 날/한나절 착용 시 유용함
- 무취, 편안함, '축축한' 느낌 없음
- 수명: 2년

직관적 배출
(free flow instinct)

- 생리대 미사용
- 회음 근육을 활용해 화장실에 갈 때만 월경혈을 배출함
- 고도의 훈련이 필요함

개인적으로
이 방법을 쓰는 사람은
한 명도 못 봤어.

지어낸 얘기가 아닐까
싶기도 해.

생리대의
역사 (엄선함)

엄마가 젊었을 적에는 말이다.
천 생리대를 썼지 뭐니. 그걸 매번 빨아서
말려가지고, 천으로 된 허리끈 알지?
거기다 핀으로 집어서 찼는데…

엄마! 그때 전기는 있었죠?

생리대에 대한 간추린 역사

고대

이집트인들은 파피루스로 만든
탐폰과 해면을 썼어.

다른 나라에서는 나뭇조각에 천, 양모,
흡수력 좋은 식물의 섬유를 감아 쓰기도 했지.
한마디로 탐폰의 조상님을 사용한 셈이야!

하지만 이런 삽입형 생리대는 나중에 종교에 의해 금지된단다.

중세

누구도 속옷을 입지 않았어.
흘러내린 월경혈은
속치마 자락에 흡수됐지.

19세기

배꼽 높이에 착용

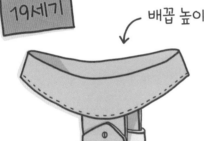

면 기저귀

면 생리대 발명
가죽 허리띠와 함께 착용함
(허리띠는 점차 가늘어지다
면 끈으로 대체됨)

1920   일회용 생리대 발명

1963년 대형 마트 판매 시작
1990년 접착식 생리대 발명•

속옷에
옷핀으로 고정함

• 최초의 접착식 생리대는 1960년대 말~1970년대 초에 미국에서 발명되었다고 알려져 있다.

1929

탐폰 발명

(부피를 줄이고 흡수력을 개선한 뒤) 1936년에 상용화

1930 생리컵 발명

오랜 기간 잊혔다가 환경오염 문제가
제기되면서 다시 부상함
(품질 개선도 이에 한몫함!)

여성 한 명이 평생 쓰는 생리대 그리고/또는 탐폰은
10,000~15,000개가량이래. 프랑스의 경우
평생 20,000유로(약 2500만 원)가 넘게 들어.

인류의 절반이 월경을 한다고 치면
가히 천문학적인 액수라고 할 수 있어!

물론 모두가 생리대를
살 수 있을 때의 얘기지만…

프랑스에서 생리대에 붙는 부가가치세가
20퍼센트였던 건 말했나?●

● 프랑스 여성들이 강력히 요구한 결과 2016년 1월 1일부로 생리대에 붙는 부가가치세가 5.5퍼센트로 인하되었다.

아기는
어떻게
생겨요?

-어떤 아기는 왜 (생물학적인) 여자 아기가 되나요?-

그건 말이다… 아빠랑 엄마가
엄청나게 사랑하면,
아빠가 엄마 배 안에 씨앗을 넣어주거든?

그 씨앗이 여자나
남자아이가 되지요.

아하, 그래서
배꼽이 있구나?!
씨앗을 넣으려고!

남자아이는 양배추에서,
여자아이는 장미에서 태어난다는 얘기

들어본 적 있지?
어디서 유래했을까?

고대에 양배추는 다산의 상징이었대.
신혼부부에게는 아기를 빨리 가지라고
양배추 수프를 먹였다고 해.

또 다른 설

그리스 신화 속 미케네의 왕 아가멤논이
전쟁터에 나가 있을 때였어.
그의 아내 클리타임네스트라는
네 아이를 보느라 애를 먹고 있었지.

그녀는 딸에게는 장미 잎을(여성의 상징),
아들에게는 양배추 잎을 기저귀로 채웠어.
양배추는 그날 저녁에 나온 걸 가져다 썼대.
스파게티나 성게가 아니라 다행이지 뭐니…

황새 이야기

응애, 멀미 나요!

프랑스 알자스 지방, 스트라스부르 대성당 지하에는
아기들의 영혼이 헤엄치는 호수가 있대.
모두 거기서 세상에 나가길 기다리는 중이래.

839번!

아기 영혼들은 호수에 사는
한 난쟁이가 건져 올려
황새에게 전달한대.
황새는 부모에게 아기를 배달하고.

수컷 토끼의
고환을 먹으면
아들을 낳고,

암컷 토끼의
자궁을 먹으면
딸을 낳는다.

음식이 질과 정자에 영향을 준다는 이론은 여전히 연구 중이지.

고대 그리스 시대

고환의 한쪽은 아들을,
다른 한쪽은 딸을
만든다고 믿었어.

아들 담당

딸 담당

169

이거야, 여보!
오늘 밤에는 아들이닷!

그리스인들은 고환 한쪽을 손으로 잡거나
끈으로 동여맸고 심지어는 잘라내기도 했대!

● 아리스토텔레스는 여자가 오른쪽으로 누우면 아들을,
왼쪽으로 누우면 딸을 가질 수 있다고 조언했다고 한다.

이 밖에도 다채로운 속설이 있지!

체위, 온도, 달, 침대 방향···
심지어는 '아들' 정자와 '딸' 정자가 따로 있다는
얘기도 있어(더 빠른 정자 VS 더 오래가는 정자).
하하! 이제는 정자에도 고정관념을 갖다 대네!
남자는 빠르다는 둥, 여자는 현명하다는 둥···

이미 알고 있을지도 모르지만,
생물학적 남성과 여성은 생식기만
다른 게 아냐.
남성에게는 XY 염색체가,
여성에게는 XX 염색체가 있다는 것도
차이점이란다. 그게 뭐냐고!?

모든 인체 세포 속 핵에는 23쌍의 염색체가 들어 있어.
염색체란 기다란 DNA 실이 돌돌 감긴
털실 뭉치 같은 거야.

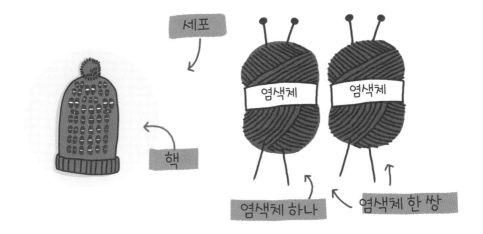

세포

핵

염색체

염색체

염색체 하나

염색체 한 쌍

인체 세포의 핵(털모자)에는 염색체(털실 뭉치)
46개가 들어 있는데, 이걸 실처럼 풀어내면 2m 길이래.
이 실에는 2만 4000개의 유전자가 담겨 있어.

우리는 이 실 가닥을 DNA라고 부른단다.
DNA는 인체의 발달과 기능에 관한 모든 정보를 담고 있어.
(다른 생물도 마찬가지야.)

사람마다 DNA는 달라.

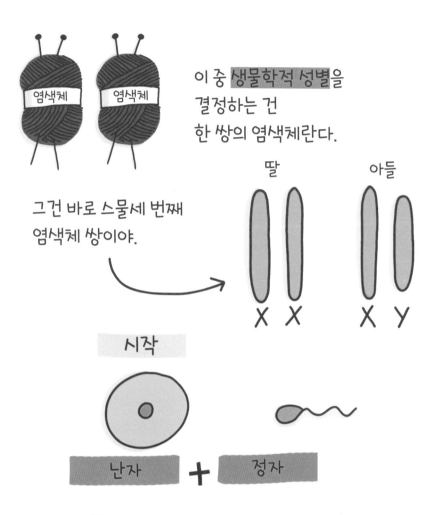

이 중 생물학적 성별을
결정하는 건
한 쌍의 염색체란다.

염색체   염색체

그건 바로 스물세 번째
염색체 쌍이야.

딸

아들

X X

X Y

시작

난자   +   정자

난자와 정자 각각에는 털모자가 반쪽씩,
즉 염색체가 23개씩 담겨 있어.

이 둘이 만나면 23쌍의 염색체가 돼.
새로운 DNA가 탄생하는 거야.

정리하면, 엄마와 아빠는 각자의 유전 형질 절반을
아기에게 물려준다는 말씀.

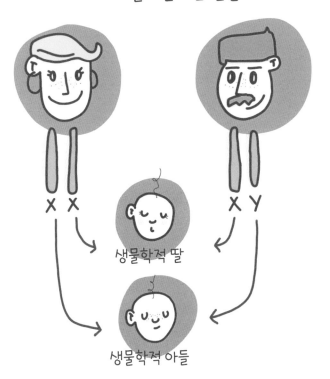

생물학적 딸

생물학적 아들

그래, 제대로 이해했구나.
아기의 성별을 결정하는 건
아빠의 정자야!

태아의 생식기는 임신 3개월이 되어서야
눈에 띄게 달라져.
그 전까지는 남녀 차이가 없지.

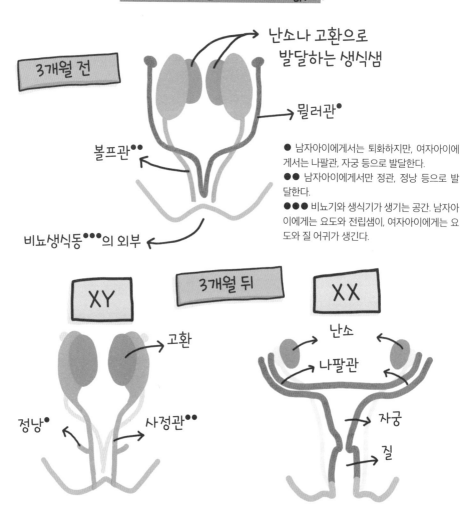

3개월 전

난소나 고환으로
발달하는 생식샘

뮐러관●

볼프관●●

비뇨생식동●●●의 외부

● 남자아이에게서는 퇴화하지만, 여자아이에게서는 나팔관, 자궁 등으로 발달한다.
●● 남자아이에게서만 정관, 정낭 등으로 발달한다.
●●● 비뇨기와 생식기가 생기는 공간. 남자아이에게는 요도와 전립샘이, 여자아이에게는 요도와 질 어귀가 생긴다.

3개월 뒤

XY

고환

정낭●

사정관●●

XX

난소

나팔관

자궁

질

● 정액의 일부를 분비하는 주머니.
●● 정액을 내보내는 가느다란 관.

생식샘을 고환으로 만드는 건 Y염색체야.
이 염색체가 제대로 발현하지 않으면
고환 대신 난소가 생겨.

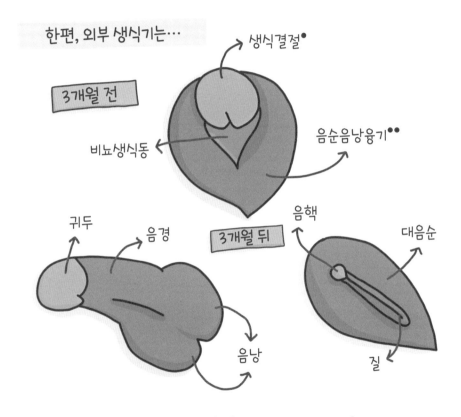

한편, 외부 생식기는…

생식결절●

3개월 전

비뇨생식동

음순음낭융기●●

귀두

음경

3개월 뒤

음핵

대음순

음낭

질

아기의 생식기가 제 기능을 하려면 시간이 흘러야 해.
(사춘기가 되어야 하지.)

● 외부 생식기가 만들어지는 과정에 형성된 작은 돌기. 음경 혹은 음핵으로 발달한다.
●● 음낭 혹은 대음순으로 변한다.

약 4000분의 1의 확률로 성별이 모호한 아기가 태어날 수 있대.
이를 전문 용어로 DSD(Disorder of Sex Development),
즉 성분화 이상이라 불러.

성분화 이상은 성 결정 유전자의 이상 때문에 발생할 수 있어.
아기에게 문제가 있다는 건 금세 알게 돼.
성기가 일반적인 모양과 '다르기' 때문이야.

이땐 부모가 아기의 성을
지정해야 해. 아기는 의견을
낼 수도, 선택할 수도 없는데
수술로 '중립 상태'에 있는 성을
바꿔버리는 거야. 왜냐고?
프랑스에서는 행정적으로
중성이라는 성별을 인정하지 않으니까.
그런데 부모가 이걸 어떻게 결정하지?
선택이 틀리면 어쩐담?

한편 내분비기관 이상이 원인인 경우도 있어.
이땐 문제가 한참 뒤에 발견되거나 아예 발견되지 않기도 해.

루이즈

카데르

XY, 여성 외성기,
자궁X, 난소X

XY, 남성 외성기,
자궁O, 난소O

'비정상적' 증상은 저마다 달라. (난 '비정상'이라는
말이 싫더라.) 하지만 문제는 하나지.
그건 바로 성별 이분법을 강요하는 행정 체계야.
지문을 읽고 생체인식 기술을 쓸 수도 있는 세상에,
아직도 둘 중 하나를 골라야 한다니!

□ 여성 □ 남성

□ 에이젠더* □ 트랜스젠더

□ 안드로진** □ 시스젠더

□ 인터섹스*** □ ...

● 에이젠더(Agender)란 자신이 어떤 성별에도 속하지 않는다고 느끼는 이들을 말한다.
●● 안드로진(Androgyne)은 남성성과 여성성이 혼합된 양성적 성 정체성을 가지고 있는 이들이다.
●●● 인터섹스(Intersex)란 남성과 여성의 생식적 특징이 섞인 채 태어난 이들을 말한다.

피임!

두둥!

라디오 방송 중 :
피임약은 건강에 나쁠까요? 오늘 프랑스 앵테르 방송국의
'행복하세요!'에서는 사브리나 드뷔스카, 조엘 스피루,
오딜 뷔송 선생님을 모셨습니다.

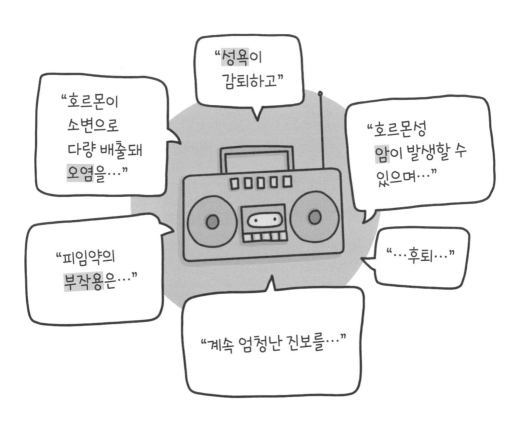

"가장 좋은 피임법은
충분한 정보를 접한 뒤
선택하는 피임법입니다!"

…

젠장! 피임약, 질 링,
콘돔 말고는
나도 아는 게 없잖아!

첫 성교 뒤에 엄마한테 피임약을 먹어도 되는지 여쭤봤어.
어딘가에서 들었던, 내가 아는 유일한 피임법이었거든.
솔직히 그쪽으로 너무 무심했지…

"피임약 복용은 프랑스에서, 특히 젊은 층에서 가장 널리 사용되는 피임법이다." <임신과 피임 그리고 성 기능 장애에 관한 조사FECOND>, 프랑스 국립보건의학연구소(Inserm)/국립인구문제연구소(Ined), 2010, 2013

게다가 나…
피임약의 원리에 대해서도
아는 바가 전혀 없군…

좋아. 우리 피임법에 대해 휘리릭 살펴보자.
정보도 조금 더 얻을 겸.
그래도 나중에 전문가에게 직접 상담받는 게 좋겠지?

경구 피임약

발명: 1950년대
약국 판매: 1967년(프랑스)
건강보험 적용: 1974년(프랑스)

천연 호르몬과 비슷한 작용을 하는 합성 호르몬제야.
이걸 먹으면 혈중 호르몬 농도가 올라가서
뇌하수체에서 나오던 호르몬이 더 이상 분비되지 않아.

피임약의 복용법과 종류는 다양하지만
목적은 같아.

그리고
/또는

자궁 입구의 점액(자궁경부 점액)을
끈끈하게 만들어 정자의 진입 막기.

배란을 방해하고 몸에 임신했다는
신호 보내기! 그러면 배란을 위한
모든 활동이 중단되겠지.
난소와 호르몬들은 휴식을 취할 거야.

복합 경구 피임약

약 속에 든 (합성) 프로게스테론과
에스트로겐이 자궁경부를 막고
배란을 억제해. 하루에 한 알씩
포장된 21알을 모두 먹으면,
곧장 새 포장을 뜯거나
7일간 휴약한 뒤 새 포장의 약을
먹으면 돼.

약을 쉬는 일주일 동안은
호르몬 수치가 급격히 떨어져서
자궁 점막과 피가 배출돼.
월경과 비슷하지만 기간이 더 짧고
몸도 더 편해.

중지

원래 이 약은 휴약 없이 복용해서 월경을 하지 않도록 개발되었어.
그런데 당시 많은 여성이 월경을 건너뛰는 것에 거부감을 느꼈대.
약을 쉬면서 인위적으로 피를 배출하는 과정이 생기게 된 이유야.

단일 경구 피임약

이 약에는 프로게스테론만 들어 있어.
항상 배란을 막지는 않지만(합성 호르몬의 양이 너무 적거든),
자궁경부 점액의 점도를 높여 정자의 유입을 막지.

이 약은 매일 같은 시각에 휴약 기간 없이
복용해야 해(3시간 오차 허용).
체내 호르몬 양을 일정하게 유지해야 하거든.
일반적으로 월경은 사라지지 않아.

질 링과
피임 패치

↳ 피임약과 같은 원리야.

3주간 질 깊숙이 넣어두면
호르몬이 점막으로 흡수돼.

피부에 붙이고
일주일에 한 번 갈면 돼.
피부가 호르몬을 흡수하지.

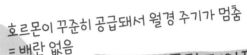

피임 주사

3개월에 한 번, 보통은 엉덩이 근육에 맞는 호르몬 주사야.
호르몬은 혈액을 타고 퍼지는데, 그 양은 일정하지 않아.
(주사 당일 가장 많았다가 점차 줄어들어.)

호르몬이 꾸준히 공급돼서 월경 주기가 멈춤
= 배란 없음

피임용 임플란트(임플라논)

피부 아래(팔뚝 안쪽 피하지방)에
삽입하는 작은 플라스틱 막대야
(약 4cm). 한 번 이식하면 3년간
호르몬을 공급하지.

합성 호르몬은
부작용이 있어.
증상은 사람마다
다르지만.

나는 질이 건조해지고
성욕이 줄었는데,
피임약이 원인이라는 걸
나중에 알았어!

루프 혹은 자궁 내 장치 (IUD, Intrauterine Device)

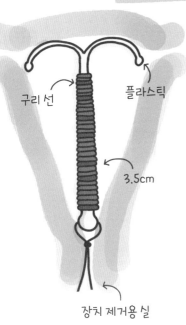

구리 선

플라스틱

3.5cm

장치 제거용 실

자궁 안에 삽입하면 장기간(3~5년)
피임 효과를 볼 수 있어(전문가가 시술함).

구리 선에서 나오는 (구리) 성분이
점막을 자극하고 괴롭혀서
수정란이 착상하기 힘든 환경을 만들어.
또 정자의 활동도 방해하지.

출산 경험이 있어야만 사용할 수 있는 건 아니야.
호르몬이 나오는 장치도 있는데, 그건 효과가 더 크지.

시술할 때 너무 아파서
비명을 질렀어!
아플 거라는 설명은
못 들었는데…

정말? 난
아무렇지도 않았어!

난관 수술

정자와 난자가 만나지 못하게 나팔관을 막는 방법이야.

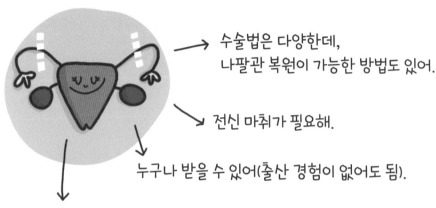

수술법은 다양한데,
나팔관 복원이 가능한 방법도 있어.

전신 마취가 필요해.

누구나 받을 수 있어(출산 경험이 없어도 됨).

프랑스에서는 수술 전에 환자의 심리 상태를 평가하고,
4개월의 숙려 기간을 두고 있지.
('허가'받기가 까다로운 것 같네… 호호 할머니가 아닌 이상!)

자연 피임법

임신 가능 기간에는 이성과 성관계를
갖지 않는 방법이야.

그런데 그 기간을 정확히 예측하기가
쉽지 않다는 사실!!!

배란일 계산하기
월경 시작일로부터 약 14일 뒤

프로게스테론으로 인한 기초체온 변화 관찰
(+0.2~0.4℃)
→ 매일/같은 시각/취침 전과 기상 후 체온 재기

자궁경부 점액 관찰하기

소변 속 호르몬 농도 확인하기
전자식 혹은 일회용 검사기 사용

임신을 원하는 사람들도 이런 방법들을 사용하곤 해.

질 격막과 자궁경부 캡

질을 통해 삽입해서 자궁경부를 덮는 장치야.
정자가 들어갈 수 없도록 말이지. 관계 몇 시간 전에
넣어도 되는데, 관계 뒤에는 얼마간 그대로 두어야 해.

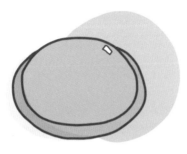

질 격막은 다시 쓸 수 있어.

자궁경부 캡은 일회용이야.

● 다시 사용할 수 있는 제품도 있음.

살정제랑
함께 쓰면 좋아요!

장치를 제대로 넣으려면 자기 몸을
완벽히 알아야 하고 훈련도 필요해…

나는 이 책을 쓰기 시작할 때는 자궁경부도
몰랐던 사람이니 말 다 했지!

살정제

질 내에 삽입해서 정자를 죽이거나 둔하게 만들어.

질정

관계 10분 전에
질에 넣어 녹임
→ 60분간 효과

크림

관계 직전에
질 내에 도포 →
효과는 18시간까지

스펀지

관계 한참 전에
탐폰처럼 넣어둘 수
있음 → 24시간 효과

콘돔, 질 격막, 자궁경부 캡 등과
함께 사용하는 걸 추천해요.

여성용 콘돔(페미돔)

라텍스와 비슷한 재질의
부드러운 '튜브'라고나 할까.
양 끝에 있는 탄탄한 링은
삽입했을 때 장치의 자리를
잡아줘.

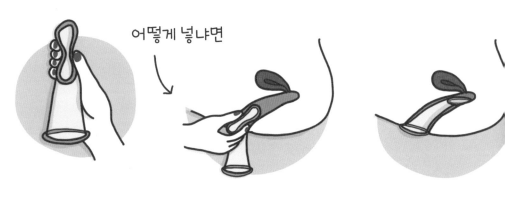

어떻게 넣냐면

성관계 전에 착용하고, 관계가 끝나면 제거해.
성병을 예방하는 효과도 있어.

예전에
써봤는데
나는 그다지…!

보지에 비닐봉지를
넣은 것 같았어!

아직은 미흡한 점이 많은 데다가
엄청 비싸고(프랑스에서는 10유로 정도)
구하기도 힘든 편이야!

응급 피임약(사후 피임약)

피임 없이 (이성과) 관계를 가졌을 때
응급 처치 격으로 먹을 수 있는 약이야.

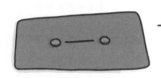 → 관계 뒤 24시간 이내에 복용하는
(프로게스테론) 호르몬제 한두 알
(관계 후 최대 4~5일째에 먹을 수 있는 약도 있음)

사전 피임약보다 호르몬 함량이 5~10배 더 높아.
배란을 미루거나 억제하는 원리인데,
이미 수정이 일어난 경우에는 착상을 막기도 한대(효과는 떨어짐).

예상과 달리
몸에 나쁘지도 않대!

난 왜 무작정 해롭다고 생각했지?
사실 엄청 죄책감 들잖아!

응급 피임약을 싫어하는 사람들이 퍼뜨린 소문은 아닐까?
여자들이 이 약을 분별없이 먹을 거라는 생각에 말이야.
걱정도 팔자다, 그치!? 여러분! 미안하지만 이건 내 몸이랍니다!
그리고 사전 피임약과 응급 피임약의 차이가 뭔지는
저도 매우 잘 알아요!

아! 죄책감 얘기가 나온 김에 인공 임신중절
(=인공 유산)에 대해서도 한마디할래!

이 장에서 말하게 됐지만,
인공 임신중절은
피임법이 아니야.

뭐, 이게 피임법이냐
아니냐는
중요하지 않으니
그냥 얘기할게.

인공 임신중절은
여성의 권리야.
그런데도 항상
문제시되곤 하지…

이 문제를 제대로 다루면
책 한 권은 나올 거야.

그러니 여기서는 더 파고들지 않으려 해.
궁금한 게 있다면 신문 기사를 읽거나
인터넷에 검색해보렴!

자! 지금까지 (시스젠더+이성애자)
여성의 피임법을 간단히 살펴봤어.

나도 처음 보는 방법이 절반이 넘던걸…

최고의 피임법이라는 건 없어.
중요한 건 자기에게 가장
잘 맞는 방법을 찾는 거야.

어쨌든 의사나 조산사와 상담하는 게
제일 좋다는 거 잊지 마.
(프랑스에선 조산사도 피임법 상담과 시술,
부인과 검사를 할 수 있어.)
피임 성공률, 효과, 비용 등에 대해
더 자세히 알 수 있을 거야.

그런데 어쩌 피임은
여자만 하는 것 같다?

이걸 하나의 권력으로 봐야 해?
강요된 책임으로 봐야 해?

(시스젠더) 남성은 어떻게 피임을 할까?

피임 팬티

= 고환을 몸에 꼭 붙여주는 속옷이야.
고환의 온도를 높여서 정자의 양을 줄이고
운동성도 떨어뜨리는 원리래.

콘돔

= 질에 음경을 넣기 전, 발기한 음경에 씌우는 라텍스
재질의 조그만 모자야. 사정 뒤에는 조심조심 빼야 해.

⟶ 저렴한 가격에 아주 쉽게 구할 수 있음

정관 수술

= 고환과 음경 사이에 있는 정자의 이동로를
차단하는 수술이야.

⟶ 부분 마취+발기와 사정에 영향 없음

+ 약 50%는 복원 가능

+ 프랑스에서는 수술 전 4개월간 숙려 기간을 둠

남성용 피임약

= 남성용 피임약은 언제 나올까?
관련 연구가 있긴 한데,
그걸 중요하게 생각하는 사람이 얼마나 될까?

오, 좋아!

여성(보지)의 쾌락, 그 역사

그 역사

내가 고른 이야기

히포크라테스(와 갈레노스)의
4체액설●

음핵 자극은 부부 사이에서
허용된다. 왜냐하면 여성은
쾌락을 느껴야 임신할 수
있기 때문이다!

하지만
혼자 하는 건
금지다!

알간!?

이러한 생각은 19세기까지 계속됐어.
교회마저 출산을 장려하기 위해
여성의 오르가슴을 옹호했지.
(=신도 증가!!!)

● 인체는 피, 점액, 황담즙, 흑담즙의 네 가지 체액으로 이루어져 있으며,
이들의 균형이 깨지면 질병이 발생한다는 학설이다.

음경에 관한
토막 상식

오, 맙소사!

이거, 기가 막히는데!

어디… 무엇이 보이려나?

1677 네덜란드의 과학자 안토니 판 레이우엔훅은
현미경을 만들었지. 그리고 발견했어… 정자를!

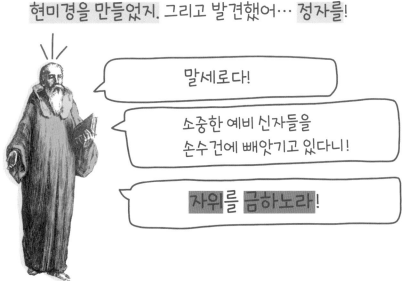

말세로다!

소중한 예비 신자들을
손수건에 빼앗기고 있다니!

자위를 금하노라!

1760 스위스 의사 사뮈엘 오귀스트 티소는
자위를 하면 몸이 쇠약해지는 것은 물론
귀까지 먼다고 말했어.

1876 난자에 정자가 들어가 수정이 일어난다는 사실이
밝혀졌어(월경 주기마다 난자가 정자를 기다림).

오 마이 갓!

여성의 오르가슴 때문에
임신이 일어나는 게 아니라니!

음핵은 쾌락을 위한 것일 뿐
임신과 아무 관련이 없잖아!

임신과 관계없는 모든 성적 접촉 금지 =
질 + 음경 → 삽입!!!

히포크라테스(와 갈레노스)의 학설은 무너져 내렸지.
하지만 그 잔해는 남았어. 우리 몸에는 체액이 돌고 있는데,
신체의 균형을 유지하려면 그 일부를 규칙적으로 방출해야
한다는 생각이었지. 성적인 체액도 예외는 아니었어.

다행히도 병원에 가면 음핵 마사지를 받을 수 있었어.
오르가슴을 유도해 환자의 체액을 빼내는 치료였지.

의학계의 대단한 성취!

진료실에는 마사지 기계가 도입됐어.
기계는 페달식, 증기 에너지식, 전기식으로 발전해갔지!

20세기 초

골라봐 통신판매

통신판매 업자들은 전자식 바이브레이터를 팔기 시작했어(특히 미국에서). 진공청소기, 전기다리미보다도 먼저 발명된 이 물건은 원래 성적 즐거움을 위해 개발된 게 아니야.

히스테리 치료 기구

1886

수배

독일 출신의 정신과 의사 리하르트 폰 크라프트 에빙은 여성에게는 성감대가 두 곳 있다고 주장했어.

- 처녀는 음핵
- 처녀가 아니면 질과 자궁경부

물론 매우 비과학적이고 철저히 관념적인 주장이었지.

정신분석학의 창시자 지그문트 프로이트(1856~1939)는
이 주장을 이어받아 성숙한 여성은 질 오르가슴을 느낀다는
견해를 내놓았어. 그의 주장은 오늘날에도 영향을 주고 있단다.

당신은 음핵 타입입니까?
질 타입입니까?

질 오르가슴 =
성숙한 여인의
진정한 오르가슴

젠장! 난 완전
음핵 쪽인데!

설마 불감증인가?!

음핵의 수난		
18세기 ➡		1960년
여성의 몸/성기에 관한 앎 거부	자위 금지	때로는 음핵 절제까지 (특히 독일에서)

전쟁
말고
사랑을
하자!

1960년대 미국에서 베트남 전쟁을 반대하는 이들이
외친 구호야. 이 구호는 성 혁명에 관한 논의가 일었을
때도 자주 사용됐어.

그리스어 어원 '오르가스모스(*Orgasmós*)': 격정으로 부풀어 오르다

오르가슴

오르가슴은 꽤 모호하고 논쟁적인 개념이지.
(논의된 적은 별로 없지만.)

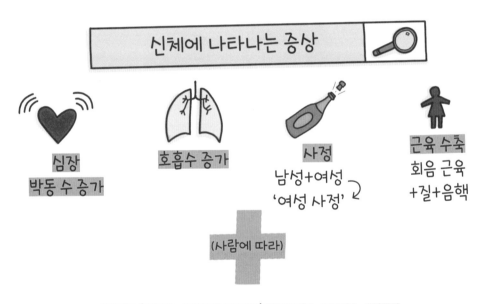

신체에 나타나는 증상

심장
박동 수 증가

호흡수 증가

사정
남성+여성
'여성 사정'

근육 수축
회음 근육
+질+음핵

(사람에 따라)

동공 확장, 생식기 윤활 작용, 비명, 탄식,
찡그림, 홍조, 체온 상승…

오르가슴은 두 가지 방법으로 느낄 수 있어.

▶▶ 상대와 함께

▶▶ 상대 없이 혼자

 어떻게 ❓

성감대를 자극하면 돼. 음경, 고환, 전립샘, 음핵, 질, 외음부,
엉덩이, 항문, 배꼽, 겨드랑이, 목…

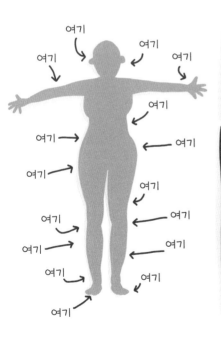

음핵은 오직 쾌락만을 위해
존재하는 유일한 신체 기관이야.

심리적 상태가 오르가슴에 미치는
영향은 확실하지 않아.
다만 한 가지 확실한 건
남자보다 여자에게 더 큰 영향을
주지는 않는다는 거야.

첫 경험

첫 경험이라···

첫 오르가슴을 말하는 거야?

첫 성관계를 말하는 거야?

오르가슴은 빨리 경험한 편이야.
(당시에는 그게 뭔지도 몰랐지만.)
자위를 꽤 오래전에 시작했어.
처음이 언제인지는 몰라도,
아무튼 줄곧 해왔어.

잠시라도 그만둔 적이 없어. 물론 죄책감도 컸지.
(유대교와 기독교 문화의 영향일까?)
자위에 관해 누군가와 얘기한 건 한참이 지나서야.
(스물두 살 때쯤 여자 친구들과.)

자위하는 게
정상이라는 걸
그때 알았지.

걔들도 마찬가지라는 걸
알고 나니 어쩌나
안심되던지!

내가
정상이라는 것도!

둘이서 한 첫 성교

내게 둘이 하는 성행위란 질 안에 음경을 넣는 걸 뜻했어.
궁금하기도 했고 통과의례라는 생각도 들어서 저질렀던 것 같아…

너
자봤어?

당근!

와아
…

상대와 즐거움을 주고받을 생각은 하지도 못했지.
이 관문만 지나면 어른이 된다는 생각이 더 컸어.

한편 평소에도 첫 경험에 대해 이런저런 생각을 하긴 했어.

으… 싫다

☑ 아플 거야

☑ 3~4개월은 사귀고 할 것

☑ 너무 주저하지 않기

↖ 쿨해 보이려면?

성욕이 안 느껴지면?

☑ 사랑하는 사람과 하기

실전에서 난 나무토막처럼 굳어버렸어.
그러고는 남자애한테 모든 걸 맡겨버렸지.
그 애가 내 몸을 나보다 더 잘 알 거라는 듯이!
그 애도 똑같은 왕초보였을 텐데 말야.

 어떨 때 느낌이 좋은지 얘기하면(알면)
큰일 나는 것처럼 굴었어.

그래서 어땠냐고?

뭐랄까…

누군가 내게 소고기 스튜를 대접했는데,
나는 채식주의자라고 차마 말할 수 없는
그런 상황이었달까…?

성관계의 최고봉은 (질에 음경을) 삽입하는 거라 믿었는데,
실제 삽입으로 굉장한 경험을 한 적은 없어(물론 좋기야 했지…).
난 내가 불감증인 줄 (또 비정상인 줄) 알았지 뭐야.

이 모든 건
이성애 중심주의(Heteronormativity) 때문이야.

= 이성애만이 표준이며 유일하게 정상적인 성적 지향●이라는 인식,
성행위는 곧 (임신 가능성이 있는) 삽입 성교라는 생각.

● 성적 지향(Sexual Orientation)이란 이성, 동성 등에게 느끼는 감정적, 성적 끌림을 말한다.
이성애, 동성애, 양성애 등이 있으며 성 지향성이라고도 부른다.

다행히 시간이 흐르고 많은 이들과 만나고 얘기하면서, 내게 주입된 이 모든 생각을 얼마간 떨쳐버릴 수 있었어. 나의 섹슈얼리티를 내 걸로 만들 수도 있었지.

그리고 또 하나 깨달은 게 있어…

♥은 배워가야 한다는 사실이야(평생).

추신: 질이 근육질이라는 거 잊지 마.
삽입 성교를 할 때 적극적으로 움직일 수도 있고,
이성과의 성관계에서 음경만큼 깊이 '개입'할 수도 있어.

오늘날의 산부인과

남자애와 처음 자고
얼마 지나지 않아 산부인과에 갔어.
솔직히 별로 내키지는 않았지만
(무서웠거든), 어쩔 수가 없었지…

피임약

산부인과 방문은 처음이라 언니가 함께 가줬어.
(매우 간단한) 질문 몇 개에 후다닥 대답하고 나서,
의사가 시킨 대로 속옷을 벗고 희한하게 생긴 의자에 앉았어.
의사는 질 속에 이상한 기구를 집어넣고는
이리저리 들여다봤어.
그러고는 장갑 낀 손가락 여러 개를 쑥 들이밀더군.

덜덜

덜덜

덜덜덜

일상적이고
익숙한 상황

이례적이고 불편한 상황

무슨 일이 벌어지고 있는지 알 수 없었지만,
의사는 아무 설명도 해주지 않았어.
불편하고 아프기까지 했는데도.
그런데 언니(와 질을 가진 모든 지인)는 이 모든 걸
당연하게 여기는 눈치더라. 그래서 나도 그런 척했지.

다시는 산부인과에 가기가 싫더라고.
누군들 그렇지 않겠어!?
신체 노출 + 어색한 자세 + 설명 부족 + 이상한 도구
= 스트레스 + 불편함 + 경직 + 혹시 모를 통증…

난 이런 경험이 있는데, 넌 어떤지 모르겠어.
(모두 당연한 일뿐이었겠지!?).
한번은 이런 적도 있어. 항암 치료 전, 난자를 채취할 때였지.
(치료 중에 난모세포가 전부 손상될 수도 있으니까.)

가벼운 부분 마취 뒤, 자궁에 가까운 질 벽으로
주삿바늘을 찔러 넣었어.
난소에 있는 난자를 채취하기 위해서였지.
세상에나, 그건 난생처음 겪는 고통이었어.
(캐나다 퀘벡에서 겪은 일인데,
당시 프랑스에서는 나 같은 환자에게 전신 마취를 했대!)

'전문가'(여기서는 산부인과 의사)와 맺게 되는 이 기울어진 관계에서 나는 모든 걸 당연하다고 여겼어. 실은 그게 아니었는데도!

내가 그렇게 아팠던 건 당연한 일이 아니었다고!

이건 말했나? 마취가 풀리고 나서 보니까 소변 줄이 달려 있더라. 난 아무 얘기도 못 들었거든?!

아니, 제정신이야!? 이게 최선이냐고!

대체 왜지?
앙?

여성은
자기 몸에 대한
결정권(과 지식)을
가지면 안 되나?

좋아, 옛날에는
그랬다 쳐…

하지만 지금도?

최근 종종 언급되는 문제가
있어. 그건 바로 ──▶ **산부인과의 폭력**·이야.

● 산부인과 환자의 의견과 안위를 고려하지 않은 의료 행위, 의료인의 태도, 발언을 말한다. 프랑스에서는 2014년부터 이 문제가 공론화되기 시작해, 현재 프랑스 정부는 이를 주요 성 평등 문제로 인식하고 있다.

먼저 폭력이 무엇인지
정의해보자.

완벽한 정의 같아.

세계보건기구(WHO)에 따르면, 폭력이란 타인이나 자기 자신, 집단이나 공동체에 의도적으로 물리적인 힘을 행사하고 위협을 가하는 것을 의미한다. 폭력은 외상, 정신적 피해, 성장 장애, 사망을 유발하거나 유발할 가능성이 매우 높다.

출처: 위키피디아

이제 무엇이 폭력에 해당하는지 구분해보자.

어서 오세요…

응가도 못 하고, 잠도 못 자고, 조금 전까지 환자 56명을 진료한 의사. 그도 사람이니까 좋은 날과 나쁜 날이 있겠지…

(이 경우는 폭력적이라 할 수는 없어도 불쾌해. 의사도 짜증나는 환자를 만나면 불쾌하듯이.)

또는

헉! 큰일이다!
어서 겸자로 아기를
꺼내야지. 안 그러면
진짜 큰일 나겠어!!

겸자!

응급 상황에서는 동의를 구하거나 설명하기 '힘들다는 거' 알아.
그래도 할 건 해야지!

또

후우…

10분 뒤에 골프 약속인데…

회음 절개*로 가자.
대충 하지 뭐!

시간 절약이 먼저이며 환자의 안위, 의견, 느낌은 뒷전임.
쌀쌀맞은 태도는 덤.

* 아기를 낳을 때 산모의 회음 근육(질구에서 항문 사이) 일부를 절개하는 처치.
  프랑스에서는 회음 절개가 꼭 필요한가에 대해 논란이 있다(분만 시간이 단축된다는 장점은 있음).

물론
모오오든
의사가
똑같은 건
아니야!

환자를
성심성의껏 돌보고
이런 문제점을
바로잡으려
애쓰는 의사도
정말 많거든!

이것 또한
내가
경험했어!

긴 치료 과정
중에 만난
대부분 선생님은
나를 존중하고
정당하게
대해주셨지!

우리 경험에 대해 자유롭게 발언하면
많은 이들이 정보를 공유할 수 있고, 사회도 변화시킬 수 있어.
(물론 피해자가 있다는 걸 인정하는 계기도 되고.)

프랑스에서는 많은 언론 매체가
이 문제를 다뤘고, 큰 파장을 일으켰지!
긍정적인 변화도 생겼는데, 특히…

· 폭력적인 상황 고발
 (모든 경우를 폭력이라 할 수는 없지만)
· 경험 공유
 = 자기 경험을 아주 많이 얘기하게 됐어.
· 의사/환자의 관계에 대한 문제 제기
 + 환자의 느낌에 중요성 부여
 (느낌도 하나의 정보란다!)
· 자기 몸 되찾기
 = 여성이 의사에게 마음껏 질문하고,
 자기 몸을 깊이 이해하도록 독려했어.

그래, 알아. 좋은 의사들에게까지
흙탕물이 튈 수 있다는 거…

그런데 난 이 문제가
길거리 성희롱이나 학교 폭력과
여러모로 비슷한 것 같아!

금기!

유방

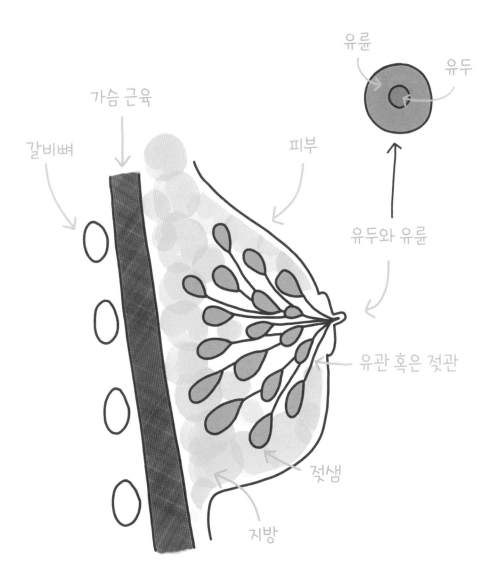

유륜

유두

가슴 근육

갈비뼈

피부

유두와 유륜

유관 혹은 젖관

젖샘

지방

설명을 보태면…

① **수유**에 가장 큰 역할을 하는 건 젖샘이야.

② **남자도** 젖샘을 갖고 있어.
(그래! 남자도 유방암에 걸릴 수 있어.
드물긴 하겠지만?) 심지어 남자가
아기에게 젖을 먹인 사례도 있단다.

③ 지방은 **유방의 모양**을 만들어.

④ **유두**는 남녀 모두의 성감대야.

그런데 왜 여자만 젖가슴이 있을까?

사춘기가 되면 에스트로겐 때문에
젖샘과 피하지방이 발달해.

왜 앞으로 부푸냐고?

한 가설에 따르면, 인간이 직립보행을 시작한 뒤
여성은 엉덩이가 눈에 띄지 않게 되자
유방을 키우는 쪽으로 진화했다고 하네…

!?

그래, 뭐…

혹시 유방이 별다른 역할을 하지 않는 건 아닐까?
그저 하나의 신체적 특징일 뿐인 거지!
유방이 지니는 성적인 의미도 우리가 만들어냈다면?
우린 꼬마 아이에게까지 비키니 상의를 입히잖아!

언젠가는 우리도
웃통 벗고 활보할 날이
올지도 모르지!

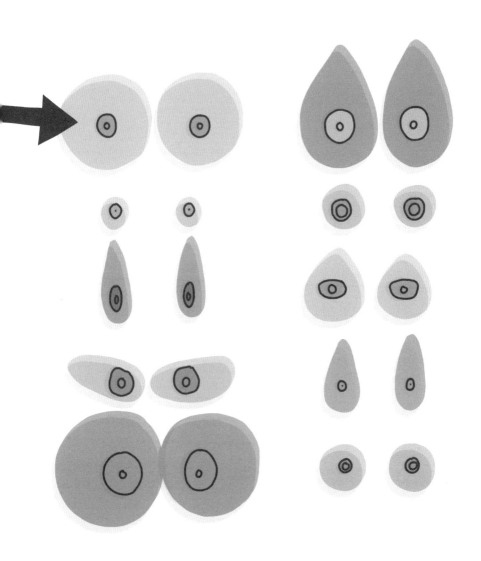

이것 봐. 여성의 숫자만큼이나 다양한 유방의 생김새를.
양쪽 유방이 다르게 생긴 사람도 꽤 많아.

털

우리 몸은 털로 덮여 있어. 몸 전체에 솜털(짧고 가늘어서 거의 보이지 않는 털)이 나 있거든. 아차! 입술이랑 귀 뒷부분, 손바닥과 발바닥, 눈꺼풀이랑 생식기의 일부 부위는 예외야.

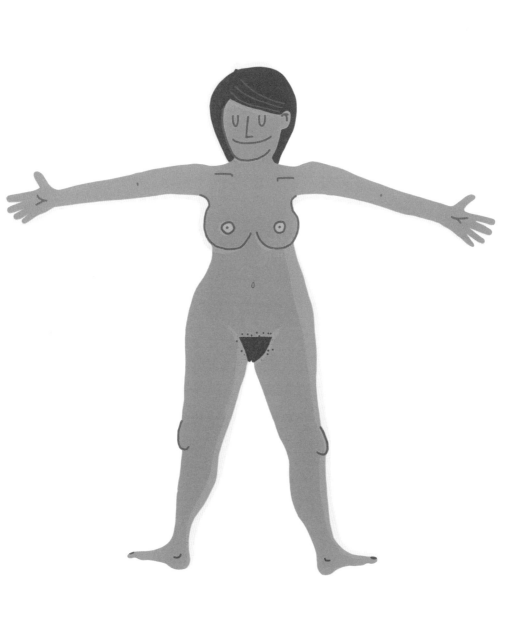

인류가 털을 골칫거리로 여긴 지는 오래야.
그리스·로마 시대부터 털은 불결함과 미개함을 상징했단다.
제모는 원숭이와 다르다는 걸,
진화했다는 걸 보여주는 방법이었어.

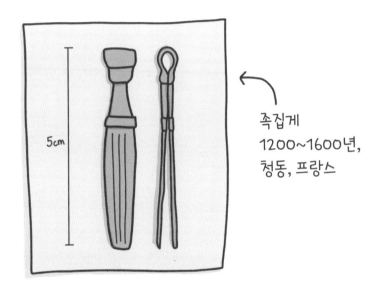

5cm

족집게
1200~1600년,
청동, 프랑스

그 뒤로 우리는 털을 받아들이고 그 가치를 인정할지,
매끈한 피부를 향한 열망을 실현할지 갈등해왔어.
한편 털은 미적 문제뿐만 아니라
정치, 사회, 종교적 문제와 관계된 존재이기도 해.

제1차 세계대전
참전 용사,
푸알뤼*

줄리아 로버츠,
1999년

알프스산맥의
티롤** 사람들

프리다
칼로

● 푸왈뤼(poilu)는 '털이 많은'이라는 뜻의 프랑스어 형용사로, '용감한 남자'를 뜻하는 은어로 사용되다
제1차 세계대전에 참전한 프랑스 군인을 지칭하는 말이 되었다.
●● 오스트리아 서부와 이탈리아 북부에 걸친 산악 지역.

요새는 누구나 매끈한 피부를 선호해.
특히 여성들은 털 한 올도 용납하지 않지.
프랑스 여론조사기관 Ifop의 2014년 조사에 따르면,
25세 이하 프랑스 여성의 45%가 올 누드 왁싱을 받은 적 있대.

제모를 시작한 건 열두 살 때야. 내가 꼭 털북숭이 같았거든.
엄마랑 언니도 털을 없앴고, 다른 여자들도 피부가 매끈한 것
같더라. 학교 애들도 털이 흉하고 더러운 거라고들 했어!

처음에는
다리부터
시작했어.

탈색제

인중에 난 털도
탈색했지.

그 뒤로 꼬박꼬박
제모를 했어…

시간이 흘러 캐나다
몬트리올에서 일할 때
털을 기르는 동료가 있었어.
당당한 태도가 참 멋지더라.
난 제모에 대해 다시금
생각하게 됐지.

제모는 내 삶에서 큰 부분을 차지해.
털이 났는지 끊임없이 확인하고,
여행이나 캠핑 갈 때, 데이트 직전에는 항상
털 때문에 스트레스를 받아.

면도기를 쓰면 베이기도 하고,
털이 다시 자랄 때는 가렵고.

지겹고 짜증나면서도 의무감이 드는 일이야…

그래서 시험해봤어.
뭐, 여름 한 철
겨드랑이 털을
기른 것뿐이지만.
그런데도 힘들더라고.
못 참겠던걸.

내게 제모는
선택이 아니라
숙제 같은 거야.
털을 기르면 남의
시선을 의식하게 돼.

누가 흉볼지도
모른다는 생각이
멈추지 않지.
그래서 나는
계속 털을 없애고 있어!

그래도 '습관에 저항하는
이 (작은) 시험'을 하고
나서는 최대한 오래
참았다가 제모하곤 해.

자궁 내막증

내가 자궁 내막증 환자는 아니지만

이 질환은 오늘날 여성과 의학의 관계를 잘 보여준다고 생각해.

출발!

자궁 내막증이란?

자궁 내막 조직(자궁 속을 덮는 점막)이 **자궁 바깥**(골반, 난소, 질, 직장, 심지어는 폐와 신장…)에서 **발견되는 일**을 말해.

자궁 내막 조직은 월경 주기를 거치며 두꺼워지다가
수정란이 착상하지 않으면 **피와 함께 몸 밖으로 배출돼.**
만약 이 조직이 자궁 밖 어딘가에 안착하면 문제가 심각해져!

이 질환은 출혈, 혹, 염증 반응, 조직 유착과 극심한 통증을 유발해!
그리고…

자궁 내막증이 발견된 건 1860년이지만,
아직도 수수께끼 같고 불가사의한 질환이야.

난 겨우 1년 전에
이 병에 대해 알게 되었는걸!

관련 연구는 매우 적어(관심이 없으니 지원도 없어).
그래서 제대로 진단받는 사람도 드물고.

그럴 수밖에. 월경할 때 아프면
월경은 원래 그런 거고,

참을 수 없이 아프면
내가 너무 예민해서니까!
#히스테리

다행히 얼마 전부터 프랑스 언론 매체들이 자궁 내막증을
소개하고 있어(여러 단체와 환자들의 노력 덕분이야).
긍정적인 변화가 시작된 것 같아.

독성 쇼크 증후군!

인스타그램에서
로렌 바서라는
미국 모델을 봤어.

독성 쇼크 증후군 때문에
오른쪽 다리와 왼발의
발가락을 잘라냈대.●

그녀는 그 뒤로 금기시되곤 하는 이 증후군을
널리 알리는 일에 앞장서고 있어.

솔직히 잘 몰랐어…

아니, 들어본 적은 있어…
<하우스>나 <그레이 아나토미>에
한 번은 나온 것 같아…

● 불행히도 그녀는 2018년 초에 나머지 다리마저 잘라냈다.

황색포도상구균은
매우 흔한 세균이야.
30~50%의 사람들이 이 균을
갖고 있지만 아무 문제도 없지!
주로 체외 점막
(팔 아래, 콧구멍…)에 산대.

그런데 이 균은 독소를 만들 수 있대.
탐폰 때문에 월경혈이 질 안에 오래 갇혀 있으면
독소가 생성되기 좋은 환경이 돼.
이렇게 만들어진 독소는 피를 타고 퍼져나가지.

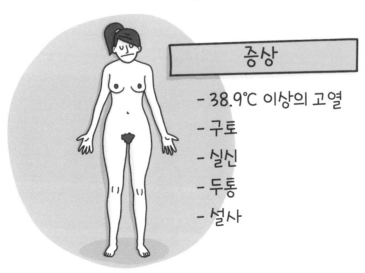

증상

- 38.9℃ 이상의 고열
- 구토
- 실신
- 두통
- 설사

감염은 무서운 속도로 진행되고, 우리 몸은 주요 장기를 보호하기 위해 사력을 다하지.

그 결과 환자의 손, 발, 장기에서는 괴사 현상이 일어나고, 환자가 사망에 이를 수도 있어.

이 증후군은 아직 매우 금기시되고 있어.

← 탐폰 사용 설명서 어딘가에 깨알같이 적혀 있겠지. (난 설명서를 읽지도 않거든?)

프랑스에서 매년 20건이 발생함

예방법: 3~6시간마다 탐폰 교체하기 (생리컵도 마찬가지임), 피가 질 밖으로 배출되는 생리대나 생리 팬티 사용하기.

무 서 워 !

탐폰의 성분을 알고 나니까 더욱더!

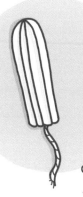

너무한 것 같아. 탐폰에는 화학 물질이 잔뜩 들어 있대. 다이옥신 같은 것도! 섬유를 표백하려면 어쩔 수 없다나. (흰색이 더 깨끗해 보이니까!) 그리고 짠!

이 모든 게 질 속 점막에 고스란히 닿습니다!

탐폰 회사 사장님들은 어떻게들 주무시나 몰라…

추신: 표백하지 않고 독성 물질도 없는 유기농 탐폰도 있어.

나의 외음부와
수술칼

소음순 성형 전문 산부인과 의사
오피넬 선생님을 만났어.
소음순 성형이 뭐냐고?
음순(소음순)의 **외형을 바꾸는 수술**이야.

선천적 기형, 출산, 훼손으로 인해
소음순이 불편을 줄 때 수술하죠.

매우 비싸다고 알려져 있지만, 프랑스에서
치료 목적의 수술에는 건강보험이 적용돼요.
(환자들의 말에 따르면) 통증도 크지 않고요.

환자 중에는 자기 성기 모양을 못마땅해하는
아주 어린 여성분들도 있는데요.
특히 소음순(안쪽 음순) 모양을 문제 삼죠.

원인은 포르노예요!
그래서 수술 전에는 심리 상담도 해요.
이건 매우 중요한 결정이니까요!

여성 성기에 대한 고정관념은
참 한심해요! 대음순이 완전히 덮은
분홍빛의 매끄러운…
이건 여자아이의 성기라고요.

모든 성기는 모양이 달라요!

한 사람의 성기라도 시간이 흐르면
달라지기도 하고요!

한번은 성범죄 사건이 있었죠.
한 여성의 2년 전 성기 사진을 봐달라더군요.
그 사람이 범죄 피해자인지 확인한다면서요.

절대 불가능한 일이죠!

성기의 모양은 시간이 흐르며 변하니까요.

열여덟 살 때와 서른 살일 때의 성기는 다르다는 겁니다!

아주 특별한 경우를 제외하면, 한 성기의 주인을 특정하는 건 불가능해요.

성기는 각양각색 이랍니다!

폐경

벌써 마지막 얘기야. 하긴 이 책의 마지막을 장식하기에 이보다 더 좋은 주제도 없지. 폐경이란 뭘까? 월경과 출산으로부터의 졸업? 인생 2막의 시작? 어쨌든 하나는 확실해.
우리가 이에 대한 얘기를 거의 하지 않는다는 거지…

> 현재
> 전 세계 여성의 10%가 폐경을 맞이하고 있음.
> 평균 폐경 연령은 약 50세.
> 폐경 = 1년간 월경 없음.

때가 됐군!

난소가 프로게스테론과 에스트로겐 분비를 멈추면 폐경이 일어나. 더는 배란하지 않는다는 의미야. (난모세포가 남아 있어도.)

폐경은 다양한 증상을 동반하지.

화끈거림, 피로감, 감정 기복, 두통, 요로 감염증, 성욕 저하, 질 건조감…

 증상은 수개월 혹은 수년간 계속돼.

치료(호르몬 요법 혹은 비호르몬 요법)를 받으면
이 시기를 한결 수월하게 넘길 수 있어.
한편 호르몬 치료에 대해서는 논란이 있지.
유방암을 일으킬 수 있다는 얘기가 있어.

드디어 끝이야. 사실 '끝'이라는 표현이 썩 어울리는 것 같지는 않네. 앞서 살펴본 이야기가 문이라면 지금은 문이 반쯤 열린 상태일 뿐이고, 나의 탐험은 계속될 테니까.

그래도 과거의 나에게 이 여행을 시작하고 멈추지 않아서 고맙다는 말을 해주고 싶어. 비록 새로운 사실을 알게 될 때마다 창밖으로 뛰어내리고 싶었지만. 아니, 내 몸에 대해 어쩜 그렇게 무지할 수 있었는지…

여성이 무엇인지에 대해서는 아직도 속 시원히 대답할 수 없어. 하지만 내가 그중 하나라는 건 자랑스럽게 말할 수 있어. (이건 변화하고 있는 최근 사회 분위기 덕이기도 해!)

이 책이 네 맘에 들길, 네게 많은 것을 알려주길. 나는 조만간 반쯤 열린 문을 활짝 열어젖히고 새로운 모험을 시작하러 다시 돌아올게.

잘 지내.

감사의 말

2년간 질에 관한 이야기를 들어주느라 고생한 마르탱, 이 책에 관한 영감을 제공한 아가트, 고민을 듣고 조언해준 클로에, 엘리즈, 엘로디, 젠, 발랑틴 그리고 함께 대화를 나눠주신 엄마, 고마워요.

라울 데브리예르, 피에르 오피넬, 피에르-아드리앙 볼즈, 에마뉘엘 코엔 솔랄 산부인과 선생님들, 오딜 타가와, 폴린 사라쟁 조산사 선생님들, 파울라 쿠시 에차니스 씨, '페-무아 리르' 관계자 여러분, 에밀리 포튀스 씨에게도 감사합니다.

소중한 경험담을 들려준 기, 레티시아, 안 소피, 니콜라, 샤를로트, 마고, 쥘리, 카렌, 뤼시앵에게도 감사 인사를 전하고 싶어요.

또한 저의 사고를 풍요롭게 해주신 모든 분께 감사합니다.

마지막으로 카스테르만 출판사의 크리스틴 씨와 이리스 씨 그리고 니콜라 그리벨 씨에게도 감사합니다.

참고 문헌

· *Les Monologues du vagin*, Ève Ensler, Éditions Denoël & d'ailleurs
· *La Fabuleuse Histoire du clitoris*, Jean-Claude Piquard, Éditions Blanche
· *L'Origine du monde*, Liv Strömquist, Éditions Rackham
· *La Vie sexuelle en France*, Janine Mossuz-Lavau, Éditions de la Martinière
· *Sex Story : la première histoire de la sexualité en BD*, Philippe Brenot et Laëtitia Coryn, Éditions Les Arènes
· *Les Gros Mots, abécédaire joyeusement moderne du féminisme*, Clarence Edgard-Rosa, Éditions Hugo et Cie
· *La Femme et les Médecins*, Yvonne Knibiehler et Catherine Fouquet, Éditions Hachette
· *Ceci est mon sang*, Élise Thiébaut, Éditions La Découverte
· *Les règles… Quelle aventure!*, Élise Thiébaut, illustré par Mirion Malle, Éditions La Ville brûle
· *Sorcières, sages-femmes et infirmières. Une histoire des femmes soignantes*, Barnara Ehrenreich et Deirdre English, Éditions Cambourakis
· *Le Deuxième Sexe*, Simone de Beauvoir, Éditions Gallimard
· *Que sais-je? L'éducation à la sexualité*, Philippe Brenot, Éditions PUF
· *King Kong Théorie*, Virgine Despentes, Éditions Grasset
· *Choisir sa contraception*, Martin Winckler, Éditions Fleurus
· *Que se passe-t-il dans mon corps?*, Élisabeth Raith-Paula, Éditions Favre
· *Le Périnée féminin et l'Accouchement. Éléments d'anatomie, applications pratiques*, Blandine Calais-Germain, Éditions Adverbum
· 《Marseille II. Bonnes femmes, mauvais genre》, *Revue Z* n°10, Éditions Agone

그 밖에 vagintonic.com/bibliographie에 기록한 기사, 사이트, 라디오 방송도요!

더 알아보기

· vaginconnaisseur.com
· omgyes.com
· sexplora.exploratv.ca
· docteureduschesne.tumblr.com
· passionmenstrues.com
· @onsexpliqueca

너의 아랫도리에 관한
시원 상큼한 안내서

유쾌한 질문

초판 1쇄 인쇄 2021년 2월 1일
초판 1쇄 발행 2021년 2월 15일

글 · 그림 릴리 손
옮긴이 박다슬

펴낸이 김재현
편집 박민주
디자인 박현주

펴낸 곳 북콘 BOOKON
주소 서울 마포구 합정동 367-22번지 202호
전자우편 bookon3721@gmail.com
출판등록 2013년 1월 4일 출판등록번호 251002013000001
인쇄 · 제본 상식문화

ISBN 979-11-9715-870-4 03860

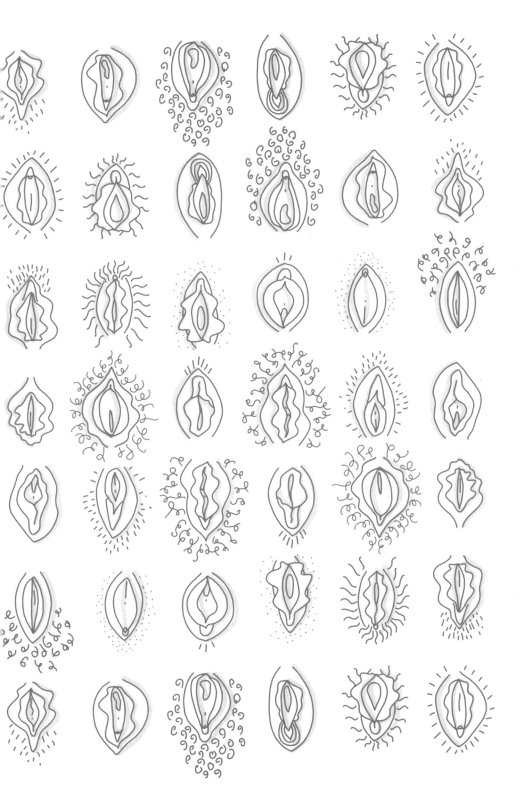

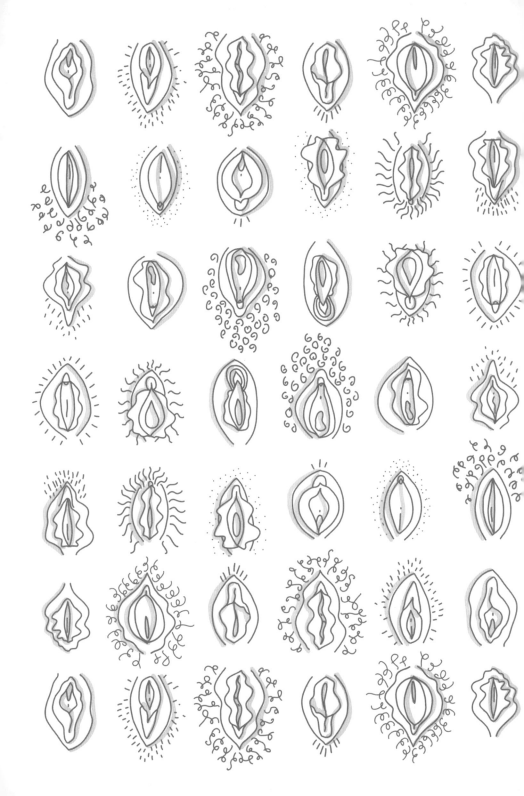